AMOR EN LA NIEVE
JENNIE LUCAS

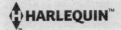

HARLEQUIN™

Editado por Harlequin Ibérica.
Una división de HarperCollins Ibérica, S.A.
Núñez de Balboa, 56
28001 Madrid

© 2017 Jennie Lucas
© 2018 Harlequin Ibérica, una división de HarperCollins Ibérica, S.A.
Amor en la nieve, n.º 2639 - 8.8.18
Título original: Claiming His Nine-Month Consequence
Publicada originalmente por Mills & Boon®, Ltd., Londres.

I.S.B.N.: 978-84-9188-362-3
Depósito legal: M-19486-2018
Impresión en CPI (Barcelona)
Fecha impresion para Argentina: 4.2.19
Distribuidor exclusivo para España: LOGISTA
Distribuidor para México: Distibuidora Intermex, S.A. de C.V.
Distribuidores para Argentina: Interior, DGP, S.A. Alvarado 2118.
Cap. Fed./Buenos Aires y Gran Buenos Aires, VACCARO HNOS.

Capítulo 1

¡ARES KOURAKIS!

A pesar de la música, el sonido de su nombre se oía cada vez más fuerte. Por fin, el atractivo y famoso multimillonario griego, había ido a Star Valley.

Ruby Prescott puso una mueca al ver que mucha gente hacía comentarios y miraba asombrada hacia la zona VIP de la discoteca. ¿Un multimillonario atractivo? Sí, claro. Según su experiencia, todos los multimillonarios eran feos. Al menos en personalidad. Ningún hombre se hacía rico sin corromperse.

No obstante, ella tenía cosas más importantes de las que preocuparse. Ruby estaba trabajando como camarera, después de haber impartido clases de esquí a niños y trabajado como dependienta en una tienda de ropa. No podía parar de bostezar, y todavía le quedaba una noche entera de trabajo por delante. Tratando de espabilarse, se puso a servir copas.

–Ares Kourakis. ¿Puedes creer que finalmente ha venido? –preguntó Lexie, otra de las camareras.

–Sería estúpido que no viniera, después de haberse comprado una casa aquí –Ruby había trabajado en el equipo de limpieza que preparó la casa seis meses atrás, justo después de que el hombre la comprara por treinta millones de dólares. Ruby sirvió otra cerveza y preguntó–: De todos modos, ¿qué tipo de nombre es Ares?

—Es tan rico y tan atractivo que puede tener el nombre que quiera. ¡Yo me convertiría en la esposa de Ares Kourakis sin pensarlo! —mirando hacia la esquina de la barra, Lexie se ahuecó el cabello—. ¡Tengo mucha suerte de que se haya sentado en mi zona!

—Mucha suerte —contestó Ruby con ironía—, puesto que he oído que acaba de romper con su novia.

—¿De veras? —Ruby se desabrochó otro botón de la blusa y se apresuró hacia la zona VIP.

Ruby continuó sirviendo copas detrás de la barra. El Atlas Club estaba lleno esa noche. Era la última noche del festival de cine de marzo y la ciudad estaba más llena de lo habitual.

No era extraño que hubiera multimillonarios en Star Valley, una estación de esquí situada en las montañas de Idaho. La temporada más frecuentada era la Navidad, cuando los ricos llevaban a sus familias a esquiar. Sin embargo, Ruby era consciente de que, igual que no había copas gratis, tampoco había príncipes azules. Cuanto más rico y ambicioso era un hombre, más oscura era su alma.

Otra camarera se acercó a la barra y dijo:

—Tres mojitos, uno sin azúcar.

Ruby suspiró. Se dio la vuelta para preparar los cócteles y, vio a una mujer rubia con un vestido rojo tratando de pasar inadvertida por delante de la barra.

—¿Ivy? —dijo Ruby con incredulidad.

Su hermana de diecinueve años la miró.

—Um. Hola, Ruby.

—No puedes estar aquí. ¡Eres menor de edad! ¿Cómo has entrado?

La hermana se sonrojó.

—Yo... Le dije a Alonzo que tenía que hablar contigo porque mamá había tenido una emergencia.

—Mamá...

–Está bien. Te lo prometo. Estaba dormida cuando me marché –Ivy enderezó los hombros–. He oído que Ares Kourakis está aquí.

Oh, no. Su hermana pequeña también.

–¡No hablas en serio!

–Sé que piensas que solo soy una niña, pero tengo un plan –Ivy alzó la barbilla–. Voy a seducirlo. Lo único que tengo que hacer es agujerear el preservativo para quedarme embarazada y que se case conmigo. Así se acabarán nuestros problemas.

Ruby miró a su hermana boquiabierta. No podía creer lo que estaba oyendo.

–No.

–Funcionará.

–¿Te arriesgarías a quedarte embarazada de un hombre que no conoces?

–Tengo la oportunidad de conseguir todo lo que siempre he deseado, y voy a aprovecharla. Al contrario que tú, que te pasas el día hablando de tus grandes sueños, ¡pero no haces nada! ¡Eres una cobarde! Voy a vivir la vida de mis sueños –continuó Ivy–. Dejaré de preocuparme por las facturas. Tendré joyas y viviré en un castillo –miró a su hermana–. Quizá tú has abandonado tus sueños, Ruby, pero yo no.

Cinco años más joven que Ruby, Ivy siempre había sido la niña mimada de la familia. Sin embargo, al verla con ese vestido rojo ajustado y los zapatos de tacón, Ruby se dio cuenta de que su hermana se había convertido en una bella mujer. Quizá tuviera la oportunidad de llevar a cabo su terrible plan.

–No lo hagas –le dijo–. No puedo permitir que lo hagas.

–Intenta detenerme –dijo Ivy, y desapareció entre la multitud.

Durante un momento, Ruby se quedó paralizada. El agotamiento, el shock y el miedo siempre estaban presentes desde que conocían el diagnóstico de su madre.

El plan de Ivy para casarse con Ares Kourakis solo podía ser una broma.

–Espera –dijo Ruby, y comenzó a seguirla. Solo consiguió chocarse con otra camarera y tirar una botella de vodka de la estantería al suelo. Mientras la otra camarera blasfemaba en voz alta, Ruby oyó que los clientes se reían y aplaudían a modo de burla.

–¿Qué te pasa? –le preguntó la compañera.

Con el corazón acelerado, Ruby agarró la escoba y barrió los cristales del suelo. Después, se volvió hacia Monty y dijo:

–Cúbreme.

–¿Qué? ¿Estás loca? No puedo ocuparme de toda...

–Gracias –respirando hondo, se dirigió hacia la esquina más oscura del bar. Al recordar las palabras de su hermana, se estremeció.

«Lo único que tengo que hacer es agujerear el preservativo para quedarme embarazada y que se case conmigo».

Enderezando los hombros, Ruby se dirigió hacia la zona VIP y vio que su hermana estaba sentada en la mesa de Ares Kourakis.

De pronto, el multimillonario se volvió, como si hubiese notado la mirada de Ruby.

Sus ojos oscuros brillaban en la oscuridad. Ella se estremeció. Incluso el nombre de aquel hombre resultaba tremendamente sexy.

¿Qué le pasaba? Se preguntó al ver cómo había reaccionado su cuerpo. Los rumores sobre él eran ciertos. El hombre era muy atractivo. ¿Y qué? Eso solo significaba que sería todavía más egoísta. Y despiadado.

No podía permitir que él destrozara la vida de Ivy, y de su posible bebé.

Apretando los dientes, avanzó hacia delante.

Ares Kourakis, un multimillonario de treinta y seis años, único heredero de la fortuna de la familia Kourakis y el playboy más famoso del mundo, estaba aburrido.

Incluso allí, en unas montañas de Norteamérica, estaba aburrido junto a una copa de whisky.

Todas las mujeres de las discotecas eran iguales, y aunque sus ojos fueran marrones o azules, negros o verdes, todos brillaban de la misma manera, demostrando que estaban dispuestas a hacer lo que fuera para poseerlo.

Su dinero. Su estatus. Su cuerpo.

Esto último, nunca le había importado demasiado a Ares. Normalmente, él se aprovechaba de todo lo que le ofrecían y no se sentía culpable. Las mujeres cazafortunas sabían bien lo que hacían. Confiaban en seducirlo a través del sexo para conseguir matrimonio. Él sabía bien cómo jugar el juego. Disfrutaba de los placeres sensuales cuando se los ofrecían y se olvidaba de ellos con rapidez.

Había estado tan ocupado durante el invierno, viajando constantemente para conseguir el control de una nueva empresa que ni siquiera había sido capaz de visitar el lujoso chalé que se había comprado meses antes en Star Valley. Esos días coincidía que su pareja, Poppy Spencer, le había pedido que la acompañara al Festival de Cine de Star Valley, donde iban a presentar su primera película. Era un monólogo de tres horas grabado en blanco y negro, que Poppy consideraba una gran película.

Poppy se había quedado destrozada cuando la noche anterior el público criticó, e incluso abucheó, su película. Después de llorar un buen rato en el chalé, ella le pidió que la llevara a Nepal en avión, ya que allí podría desaparecer para siempre.

Cuando Ares se negó a dejarlo todo para llevarla a Nepal, ella lo acusó de no apoyarla en sus sueños y rompió con él antes de marcharse. Ares se quedó en Star Valley. Había llegado hacía poco y apenas había pasado tiempo en su casa nueva. Ni siquiera había tenido la oportunidad de practicar snowboard antes de viajar a Sídney al día siguiente por un tema de negocios.

De pronto, Ares se alegró de que se hubiera marchado. Llevaba aburrido mucho tiempo. No solo con Poppy, sino con todo. Había pasado los últimos catorce años convirtiendo el imperio que había heredado a los veintidós años, en una empresa mundial que vendía y transportaba todo tipo de cosas. Kourakis Enterprises era el amor de su vida, pero incluso su empresa se había convertido en algo poco atractivo.

Ares trató de no pensar en ello. Había pasado todo el día en la montaña, pero ni siquiera lo había disfrutado tanto como pensaba que lo iba a disfrutar, y había terminado el día más enfadado de lo que lo había empezado.

Así que esa noche había decidido salir. Pensaba que quizá su humor mejoraría después de un encuentro apasionado con una mujer atractiva a la que no tuviera que volver a ver.

No obstante, mientras miraba a la mujer rubia que le contaba una larga y aburrida historia, Ares supo que se había equivocado. Debía marcharse. E incluso salir hacia Sídney esa misma noche. Al día siguiente, le diría a Dorothy que pusiera en venta el chalé de la estación de esquí.

—Disculpa —dijo él. Dejó dinero sobre la mesa para pagar la copa y comenzó a levantarse.

Entonces, se quedó paralizado. Al otro lado del bar, estaba ella.

El tiempo parecía haberse detenido y un escalofrío recorrió su cuerpo. La música, las luces, la gente... Todo pasó a segundo plano.

Aquella mujer era una diosa.

Tenía el cabello oscuro y sus ojos eran negros y grandes, con espesas pestañas. Sus labios, con forma de corazón y de color rojo intenso.

Iba vestida con una blusa de cuadros sin mangas y unos pantalones vaqueros. Ambas prendas resaltaban las curvas de su cuerpo.

Aquella diosa se dirigía directamente a su mesa y él notó que se le secaba la garganta.

El guardaespaldas la detuvo en la escalera.

La mujer rubia que estaba en su mesa seguía hablando sin parar. Él se había olvidado de que estaba allí.

—Debes irte —le dijo.

—¿Irme? —la mujer puso una amplia sonrisa—. ¿Quieres decir, a tu casa?

Sin escucharla, Ares le hizo un gesto al guardaespaldas para que dejara pasar a la mujer morena.

La mujer avanzó hacia Ares y él se fijó en su manera de mover las caderas. ¿Qué era lo que le resultaba tan atractivo?

Fuera lo que fuera, el aburrimiento pasó a segundo plano. Todo su cuerpo había reaccionado al verla.

No obstante, la mujer apenas lo miró a él, sino que se volvió hacia la chica rubia que estaba en la mesa.

—Ya está bien. Vamos.

—¡No puedes mandar sobre mí, Ruby! —contestó la chica.

«Ruby», un bonito nombre de cuento de hadas para una mujer que parecía una princesa descarada capaz de tentar a cualquier hombre para que se comiera una manzana envenenada. Ares hizo todo lo posible para contenerse y no levantar a la otra chica de la silla.

–Has de marcharte –le dijo con amabilidad–. Estaría encantado de pagarte las copas, pero...

–¿Copas? –Ruby lo miró enfadada–. Mi hermana es menor de edad, señor Kourakis. ¿Cómo se atreve a ofrecerle alcohol?

–¿Su hermana? ¿Menor de edad? –Ares miró a la chica rubia y después a Ruby–. ¿Para eso ha venido hasta aquí?

Ruby frunció el ceño.

–Créame, le estoy haciendo un favor, señor Kourakis. Ivy tenía la maravillosa idea de seducirlo para que se casara con ella.

Ares se quedó boquiabierto al oír que hablaba con franqueza.

–¡Cállate! –exclamó la chica–. ¡Lo estás estropeando todo!

–Quiere casarse con un millonario. Cualquier millonario valdría –miró a Ares–. Por favor, discúlpela por ser tan estúpida. Solo tiene diecinueve años.

Su forma de mirarlo indicaba todo lo que no decían sus palabras.

«¿Qué clase de hombre de su edad saldría con una adolescente?»

Ella provocó que se sintiera como un viejo, con solo treinta y seis años.

–¡Te odio! –exclamó la mujer rubia.

–Ivy, vete a casa antes de que le pida a Alonzo que venga a sacarte a la fuerza.

–¡No te atreverías! –exclamó Ivy–. ¡Está bien! –espetó poniéndose en pie para marcharse.

–¡Y ni se te ocurra contarle a mamá lo que pensabas hacer! –le gritó Ruby antes de volverse hacia Ares–. Siento la interrupción, señor Kourakis. Buenas noches.

Cuando se disponía a marcharse, él la agarró por la muñeca.

Tenía la piel muy suave y Ares notó que una ola de calor lo invadía por dentro. También percibió que, al tocarla, ella respiró hondo.

Ares la miró.

–Espera.

–¿Qué quiere?

–Tómate una copa conmigo.

–No bebo.

–Entonces ¿qué estás haciendo en un bar?

–Trabajar. Soy camarera.

¿Trabajaba para ganarse la vida? Se fijó en sus manos.

–Tómate unos minutos. Tú jefe lo entenderá.

–No –contestó ella, mirándolo a los ojos.

Ares frunció el ceño.

–¿Estás disgustada porque estaba hablando con tu hermana? No me interesa.

–Bien –retiró la mano para soltarse–. Por favor, discúlpeme.

–Espera. ¿Te llamas Ruby? Ruby, ¿qué más?

Mirando hacia atrás, ella soltó una risita y él se estremeció.

–No tiene sentido decírselo.

–Pero tú sabes mi nombre.

–No porque quiera. Todo el mundo habla de usted. Al parecer es un buen partido –dijo con ironía.

Ares nunca había recibido un comentario así por parte de una mujer. Intentó comprenderlo.

–¿Estás casada?

–No.

–¿Comprometida?

–Estoy trabajando –comentó ella, como si él no supiera de qué hablaba–. Y las camareras necesitan que les pase las comandas.

Ares la miró.

–¿De veras prefieres trabajar que tomarte algo conmigo?

–Si no sirvo copas, disminuirán las propinas de todas las demás. Y dificultará que puedan pagar el alquiler. No todo el mundo tiene una casa de treinta millones de dólares pagada en efectivo.

Así que se había fijado en su casa. E incluso sabía el precio.

–La mayor parte de las mujeres dejarían su trabajo para pasar una noche conmigo...

–Pues tómese una copa con una de ellas –dijo Ruby, y se marchó sin mirar atrás.

Ares se quedó unos minutos sentado y en silencio. Estaba solo en la mesa y apenas oía el ruido de la música, ni veía a las mujeres que paseaban y bailaban de forma provocadora delante de él. Miró a Georgios y vio que él hacía una mueca. Exactamente lo que Ares estaba pensando. La misma música, el mismo local, la misma gente.

Con una excepción. ¿Quién era Ruby y por qué no podía imaginarse una noche que no terminara con ella en su cama?

–Puedes marcharte –Ares le dijo a Georgios después de ponerse en pie.

Su guardaespaldas sonrió.

–¿Quiere que deje el coche?

–Encontraré manera de irme a casa. Dile al piloto que quiero marcharme a primera hora de la mañana.

–Por supuesto. Buenas noches, señor Kourakis.

Ares atravesó el local, sorteando a la gente que se

echaba a un lado para dejarlo pasar. Los hombres lo miraban con envidia, las mujeres con deseo. Él solo tenía un objetivo. Cuando llegó a la barra, Ruby lo miró desde donde estaba sirviendo una copa.

—¿Qué hace...?

—Dime tu apellido.

—Se apellida Prescott —dijo otra camarera—. Ruby Prescott.

—Un bonito nombre —comentó Ares, ladeando la cabeza.

—No creo que pueda ser muy crítico —soltó ella—. ¿Qué clase de padres le pondrían a su hijo el nombre del dios griego de la guerra?

—Mis padres —dijo él, y cambió de tema—. Me he aburrido del whisky. Me tomaré una cerveza.

Ella pestañeó sorprendida.

—¿Una cerveza?

—La que tengas en el grifo.

—¿No quiere un whisky caro? ¿Solo una cerveza normal?

—No me importa lo que sea, mientras me tome una copa contigo.

Ruby frunció el ceño y le sirvió la cerveza más barata de la barra.

Él agarró el vaso y dio un largo trago. Se limpió la espuma de los labios y dijo:

—Deliciosa.

Ella frunció el ceño y se volvió, moviéndose por la barra y poniendo copas a toda velocidad. Ares la observó mientras trabajaba. Sus senos eran espectaculares, pero todo lo demás también. Nunca había visto una mujer con esas curvas, y su trasero provocó que su mente se llenara de imágenes eróticas.

Aunque no solo eran sus curvas. Ruby Prescott tenía otros encantos sutiles. Sus pestañas, largas y espesas, se movían rápidamente sobre su piel pálida. El temblor de sus labios, rojos como el rubí. A menudo, ella se mordía el labio inferior, como concentrándose mientras trabajaba. Él se fijó en su melena larga y oscura. En la curva de su hombro desnudo. En el brillo enfadado de sus ojos. De pronto, ella lo miró de forma acusadora.

–¿Por qué hace esto? ¿Le parece un juego?

–¿Por qué? –preguntó él, bebiendo un poco de cerveza–. ¿Lo es para ti?

–Si cree que me estoy haciendo la dura, se equivoca –se colocó delante de él y dijo–: Para usted, soy imposible de conseguir.

Su expresión era feroz y sus ojos oscuros brillaban como una tormenta en el océano oscuro. Él estaba seguro de que no era consciente de su belleza. Y, al contrario del resto del mundo, no estaba impresionada por su presencia.

En ese momento, Ares supo que tenía que poseerla.

Esa noche. Costara lo que costara.

La poseería.

Capítulo 2

QUÉ PRETENDÍA aquel estúpido multimillonario griego?

Ruby sintió que se ponía tensa cuando se giró para servir una copa. Notaba que él la estaba mirando de arriba abajo.

No podía imaginar por qué un hombre como Ares Kourakis se estuviera fijando en ella. Podría estar con cualquiera de las mujeres que había allí... Estrellas de cine que habían ido al festival o esquiadoras... Era imposible que estuviera interesado en una chica corriente, como Ruby. No obstante, ¿por qué estaba en la barra mirándola mientras se tomaba la peor cerveza del mundo?

A ella no se le ocurría ninguna otra razón. La gente empezaba a darse cuenta también. Monty y el resto de las camareras no paraban de intercambiarse miradas.

Ruby se volvió hacia él enfadada.

—En serio, ¿cuál es su problema?

Ares la miró fijamente.

—Tú.

—¿Yo? ¿Qué he hecho?

—Eres la mujer más deseable del local. Me fascinas.

Ruby percibió deseo en su mirada y, de pronto, una ola de calor recorrió su cuerpo.

Lo miró y se fijó en su mentón cubierto de barba incipiente y en su cabello corto, oscuro y rizado. Ella era consciente de su presencia y eso la incomodaba.

Igual que la sensación repentina de que le flaqueaban las piernas.

Esa sensación era el resultado de que él la hubiera mirado, diciéndole que era deseable. Ella había pensado que nunca caería bajo los encantos de un hombre rico, ya que era demasiado inteligente.

¿Y lo era? A pesar de no haber bebido nada, tenía la sensación de estar un poco mareada. Era como si estuviera viviendo un sueño, aunque estaba despierta.

Aquel hombre, tan atractivo, arrogante y rico, apenas se había esforzado, pero había provocado que a ella le temblara todo el cuerpo.

¿Qué diablos le pasaba?

¿Y qué le pasaría si él la acariciara?

¿Cómo sería si él retirara la mano de la barra del bar y le acariciara la mejilla? ¿Y si deslizara sus dedos por el cuello o le acariciara los senos?

Ruby notó que sus pezones se ponían turgentes bajo la tela del sujetador y que se le formada un nudo en el estómago. Se apoyó en la barra para estabilizarse.

—¿Qué es lo que quiere? —preguntó con voz temblorosa.

Él posó la mirada sobre sus labios y sonrió.

—Baila conmigo.

—No.

—¿Por qué no?

«Nunca creas nada de lo que te diga un hombre rico», recordó las palabras de su madre. «Todos son unos mentirosos. Y unos ladrones».

Respirando hondo, Ruby enderezó los hombros y trató de mantener la calma.

—Yo no bailo.

—¿No bailas? ¿No bebes? Estás anticuada —la miró de arriba abajo—. Podría enseñarte. ¿Cuándo es tu hora de descanso?

–No, gracias. Solo trabajo aquí. No es algo que haga para divertirme.

Ares bebió un sorbo de cerveza.

–¿Y qué haces para divertirte?

–Yo... –Ruby intentó recordarlo. Había pasado mucho tiempo desde que la diversión formaba parte de su agenda. Incluso antes de que su madre enfermara, antes de que tuviera que trabajar en tres sitios para poder mantener a la familia, ella siempre había estado ocupada después del colegio, cuidando de Ivy y llevando la casa. ¿Divertirse?

Ares le cubrió la mano con la suya.

–Dime qué es lo que harías –dijo él–, si esta noche pudieras hacer cualquier cosa.

Ruby se estremeció al sentir el calor de su mano y notó que una gota de sudor caía entre sus senos.

–Me iría a lo alto de una montaña –contestó ella, retirando la mano.

–¿A una montaña?

–Algunos monitores de esquí están participando en el Renegade Night.

–¿Qué es eso?

–En esta estación no hay esquí nocturno, así que, antes de que acabe la temporada, justo cuando la nieve empieza a derretirse, hacemos una salida a la antigua. Hoy es la última luna llena de la temporada.

–¿Y brilla tanto la luna?

–Vamos con antorchas.

–Nunca lo había oído.

–Por supuesto que no. Es una tradición local.

–Ya veo –se terminó la cerveza y dejó la jarra sobre la barra–. Bueno es saberlo. Gracias por la cerveza.

Dejó un billete de veinte dólares sobre la barra y se marchó sin decir nada más.

Ruby lo miró sorprendida. Lo único que quería era

que él dejara a Ivy y a ella tranquilas, pero al ver que se marchaba de ese modo, se sintió decepcionada.

–¡Qué frialdad! –comentó Monty–. ¿Qué le has dicho para hacer que se marchara corriendo?

Ruby se sonrojó y se volvió para colocar los vasos limpios.

–Solo quería una cerveza.

–Evidentemente.

Una camarera apareció con una comanda de bebidas. Ruby preparó tres tequilas y los colocó sobre una bandeja. En ese momento, se encendieron las luces del local y se apagó la música.

Paul Vence, el propietario del Atlas Club, apareció en la pista y dijo:

–Cerramos para el resto de la noche. ¡Que salga todo el mundo!

Los clientes y el personal se quedaron desconcertados.

–¡Fuera! ¡Ahora! –el señor Vence se dirigió a las camareras–. No os preocupéis. Se os pagará el resto de la noche. Propinas incluidas.

–¿Nos ponemos a limpiar? –preguntó Lexie, una camarera.

–Está todo arreglado. Os podéis marchar –dijo, y miró a Ruby–. Sobre todo, tú.

Entonces, ella lo comprendió todo.

«Dime qué es lo que harías, si esta noche pudieras hacer cualquier cosa».

Ruby notó que se le erizaba el vello de la nuca. Los clientes comenzaron a salir, murmurando y quejándose. Por otro lado, las camareras hablaban felices en los vestuarios acerca de cómo pasarían la noche que les habían dejado libre. Cuando Ruby se dirigió a recoger su abrigo de la taquilla, decidió esperar a que el resto se hubiera marchado. Intentó convencerse de que aquello era una locura. Que se lo estaba imaginando. Que había otras posibles explicaciones.

No obstante, cuando salió del Atlas Club, él la estaba esperando, tal y como ella suponía.

Ares Kourakis estaba apoyado en una farola y ella sintió un revoloteo en el estómago al verlo.

—Ha sido usted ¿verdad? —dijo ella, con tono acusador.

Ares sonrió.

—Y si es cierto, ¿qué?

Ella negó con la cabeza.

—El local habría ganado una fortuna esta noche. ¿Cuánto le ha pagado al señor Vence para que cierre?

—No importa.

—Y se ha asegurado de que todo el personal cobre, incluso las propinas.

—Sabía que no te gustaría si no fuera así.

—¿Y por qué? —preguntó ella con voz temblorosa.

—Ya te lo he dicho —se acercó a ella.

Ruby enderezó la espalda y se contuvo para no dar un paso atrás. Él le acarició un mechón de su melena.

—Quiero estar contigo esta noche.

—¿Siempre consigue lo que quiere? —preguntó ella.

—Sí.

Ella tragó saliva.

—¿Y por qué conmigo?

—Ya te lo he dicho. Eres preciosa.

—La mayor parte de las chicas del local eran más guapas que yo.

—Tú eres diferente.

Ruby negó con la cabeza.

—Diferente, ¿en qué sentido?

—No intentabas llamar mi atención.

Ah. Entonces lo comprendió todo. De pronto, se sintió decepcionada. No era tan especial. Él le había hecho creer que...

Alzó la barbilla y comentó:

—Así que es como un niño mimado en un cuarto lleno de juguetes, enfadándose porque quiere el que no puede tener.

Él la miró.

—Tu negativa llamó mi atención, pero no es el único motivo. Tienes algo que... —se fijó en sus labios y ella pensó que la iba a besar allí mismo, en Main Street. Entonces, él añadió—: Llévame a la montaña.

—No puedo. Es solo para locales.

—Sí puedes —su tono era tan persuasivo que a ella le costó decir que no.

—Mire, estoy segura de que es un buen esquiador, pero...

—No. No lo soy. De hecho, se me da muy mal esquiar.

Ruby se quedó boquiabierta. Ningún hombre arrogante admitiría que se le daba mal hacer algo.

—Entonces, ¿por qué ha comprado una casa aquí?

—Me gustan otras cosas —contestó Ares.

Su tono era suave y ella se estremeció. Ni siquiera la estaba tocando, pero ella se sentía como si estuviera cerca del fuego. Con Braden nunca se había sentido así, ni siquiera cuando él la besó o se le declaró.

«Corre» la voz de su madre inundó su pensamiento. «Corre lo más deprisa que puedas».

Sin embargo, Ruby miró a Ares y dijo:

—¿Tienes ropa de esquiar? —le preguntó tuteándolo.

—Por supuesto.

—Imagino que serán de un diseñador caro, ¿no? ¿Completamente nuevas? ¿Negra? —al ver que él no lo negaba, Ruby negó con la cabeza—. Te buscaré otra cosa.

—¿Qué le pasa a mi ropa?

—Nadie ha de saber que te he llevado a la montaña. Se pondrían furiosos. ¿Crees que podrías permanecer callado y pasar inadvertido?

Él parecía ofendido.

–Puedo pasar inadvertido cuando me lo propongo. De hecho, se me da muy bien.

–Haz lo que puedas, ¿de acuerdo? Si alguien te pregunta, eres el mejor amigo de mi primo de Coeur d'Alene. Vamos –gesticuló para que la siguiera y lo guio hasta su vieja camioneta. Abrió la puerta del copiloto y se oyó un chirrido del metal.

Ares miró el vehículo.

–No te asustará una tapicería vieja, ¿verdad?

–Esta camioneta es más vieja que yo.

–¿Cuántos años tienes?

–Treinta y seis.

–Tienes razón. Sube.

Ruby se sentó al volante y él se subió al asiento del copiloto y cerró la puerta.

Ares estaba fuera de lugar, sentado en aquel asiento viejo con su abrigo negro de cachemir y su camisa blanca. Ruby contuvo una sonrisa.

–¿Ruby?

–¿Sí? –arrancó el motor y la miró.

Ares la miró bajo la luz de la luna.

–Gracias.

Ruby sintió el calor de su mirada y dejó de sonreír.

–No pasa nada –miró hacia la izquierda y aceleró–. Voy a parar en casa para recoger ropa de esquiar para ti.

–¿De quién es? ¿De tu hermano? ¿De tu padre? ¿De tu novio?

–No tengo nada de eso –dijo ella–. Mi padre abandonó a mi madre antes de que yo naciera. Solo estamos mi madre, mi hermana pequeña y yo.

–¿La misma hermana que pensaba seducirme?

Ares parecía divertido, pero ella se sonrojó. Podía imaginar lo que él pensaba de Ivy.

–No la juzgues. Debería estar en la universidad, divirtiéndose. Y, sin embargo, se pasa la mayor parte del tiempo en la habitación de una enferma. Nuestra madre lleva mucho tiempo enferma. Ivy ni siquiera recuerda a su padre. Él murió hace mucho tiempo.

—¿Tu hermana y tú tenéis padres diferentes?

—¿Y?

—A veces pienso que los padres están sobrevalorados. El mío también era una buena pieza.

Ruby decidió cambiar de tema.

—¿Te criaste en Grecia? Pues no tienes mucho acento.

—Nací en Grecia, pero he vivido en otros sitios durante casi toda mi vida. Sobre todo, en Nueva York —durante un momento, se hizo un silencio, mientras ella conducía por la carretera que atravesaba el valle cubierto de nieve—. En mi experiencia, lo único que los padres hacen bien es pagar las facturas.

Ruby soltó una carcajada y negó con la cabeza.

—Mi padre nunca pagó una factura. Ni el de Ivy.

—¿Y pensión de manutención?

—Encontraron la manera de no hacerlo.

—Pero legalmente...

—Es complicado —dijo ella, agarrando el volante con fuerza.

—No tienes que darme explicaciones.

Ella lo miró y sonrió.

—¿Qué es esto? ¿Psicología inversa?

—No. De veras, no necesito saberlo. No me gustan las cosas complicadas.

—¿Qué quieres decir?

—Eso.

—Entonces, ¿cómo mantienes relaciones?

—Cuando se vuelven complicadas, se terminan. Tampoco me entrego al amor. Ni siquiera sé lo que es.

—¿Por eso has roto con tu novia? —preguntó Ruby.

Él la miró a los ojos y ella se avergonzó.

–Lo siento. Todo el mundo hablaba de ello en el bar.

–No. Poppy no necesitaba que yo la quisiera. Esa era una de sus mejores cualidades. Lo que pasó fue que el estreno de su película no fue tan bien como esperaba. Quería que la llevara al Himalaya para tener una experiencia mística y me negué. Entonces, se marchó. Fin de la historia.

Ruby se desvió de la carretera.

–¿Dónde vas?

–Star Valley es muy caro. La mayor parte de la gente que trabaja allí no puede permitirse vivir en el mismo lugar. Yo vivo en Sawtooth.

–¿Cómo está de lejos?

–A unos veinte minutos más –giró por una carretera de montañas y lo miró–. He oído que tienes un jet privado.

–Unos cuantos.

–¡Unos cuantos! ¿Y eso cómo es?

–Me llevan allí donde tengo que ir.

Ruby solo había volado una vez, y en clase turista. El vuelo había llegado una hora tarde, y su maleta había aparecido doce horas después. Pensando en cómo sería tener un jet privado, Ruby negó con la cabeza.

–No puedo ni imaginarlo.

–No es para tanto.

–Debe ser estupendo –sonrió ella–. Seguro que tus amigos siempre te piden que los lleves a dar una vuelta.

Ares sonrió.

–No, no lo hacen. De hecho, la mayoría tiene avión propio.

–Ah –dijo ella. Cambió de marcha y la camioneta comenzó a traquetear y a echar más humo–. Vivo ahí

Ares se volvió para mirar por la ventana y ella se fijó en su perfil. En la forma de su mentón, y en la curva de sus labios. Era tan atractivo. Masculino. Y poderoso. Todo lo que ella no era.

Entonces, siguiendo la dirección de su mirada, vio con otros ojos su vecindario. El lugar era pequeño, pero estaba bien mantenido y arreglado. Al aparcar frente a su casa, se percató de lo deteriorada que estaba. No obstante, en ese vecindario vivía gente muy trabajadora, así que no debía estar avergonzada.

–¿Quieres pasar?

Ares la miró sorprendido.

–¿Para conocer a tu madre enferma y a tu hermana, la que trató de seducirme?

–Es cierto. Tú no mantienes relaciones complicadas –trató de hablar con alegría–. Enseguida vuelvo.

Ruby entró en la casa. El salón estaba a oscuras.

–¿Ivy? ¿Mamá?

–Estoy aquí –dijo su madre con voz débil.

Ruby se dirigió a la habitación de su madre y encontró a Bonnie incorporada en la cama, mirando la televisión. En la mesilla estaba su medicación y un plato lleno de comida.

–¡Mamá! ¡No has comido!

–No tenía hambre –dijo su madre–. ¿Por qué estás aquí?

–He salido pronto de trabajar, así que voy a subir a la montaña para Renegade Night.

Su madre sonrió con brillo en sus ojos azules.

Ruby dudó un instante.

–Yo... Voy a llevar a alguien más. A un hombre que acabo de conocer –se mordió el labio inferior. No estaba acostumbrada a ocultarle cosas a su madre, así que, terminó de hablar–. El chico griego que compró la casa de treinta millones de dólares.

–No –la madre negó con la cabeza–. Los hombres ricos no pueden amar...

—No te preocupes —dijo Ruby—. No es eso. No estamos saliendo. Me ha ayudado a tener la noche libre, así que le voy a devolver el favor llevándolo a la montaña. Estoy segura de que no volveré a verlo —besó a su madre en la frente. Al retirarse, le cubrió la frente con la mano—. Estás fría...

—Estoy bien. Ivy dijo que vendría pronto.

—¿Te ha llamado?

—Vino por aquí. Se puso unos vaqueros y salió a comer pizza con las amigas.

Ruby confiaba en que fuera verdad, y que Ivy no hubiera intentado entrar en otro local de la ciudad. Aunque si se había puesto unos pantalones vaqueros no era probable. También, Ruby sabía que Ivy no estaría en la montaña. Su hermana odiaba los deportes de invierno.

—Puedo quedarme contigo.

—Vete —dijo Bonnie—. Mereces divertirte. Siempre te ocupas de nosotras —respiró hondo con dificultad—. Vete.

—Está bien —dijo Ruby. Estrechó la mano de su madre y sonrió—. Espero tener historias divertidas que contarte cuando regrese esta noche. Te quiero, mamá.

—Te quiero...

Ruby se dirigió al armario del pasillo donde tenía toda la ropa vintage que había guardado durante años, con idea de montar su propio negocio algún día. Rebuscando entre las cajas encontró lo que buscaba y sonrió. No podía esperar a ver la cara que pondría Ares.

Capítulo 3

ARES se detuvo con la tabla de snow a mitad de ladera y miró hacia atrás. Una fila de esquiadores con antorchas bajaba por la montaña. Nunca había visto algo tan bonito.

Ruby se detuvo junto a él, salpicándolo con la nieve que saltó al detener su tabla de snow. Estaba guapísima, riéndose y con las mejillas sonrosadas por el frío y un fuerte brillo en su mirada.

–Para ser un hombre que dice que no le gusta esquiar, lo haces bastante bien.

–Esto es hacer snowboard. Yo nunca he dicho que no me guste hacer esto.

–Pensaba que ibas a abrirte la cabeza al verte bajar así por la ladera. Y por supuesto, provocarías mucha angustia a las famosas y modelos de lencería –comentó ella.

Él sonrió.

–No te olvides de las modelos de trajes de baño.

Su manera de hablar lo tranquilizó. Ares sabía que si no estuviera impresionada por su manera de esquiar lo habría tratado de otra manera. Se sentía aliviado, puesto que había estado a punto de romperse la cabeza al intentar ir por delante de ella.

Ares miró hacia el desfile de antorchas.

–Nunca había visto algo así.

–Me alegro de estar aquí –lo miró y añadió–. Gracias, Ares.

Al oír que pronunciaba su nombre, Ares sintió que se le encogía el corazón. ¿Era por su belleza? ¿O por la sensación de que estaba a miles de kilómetros de distancia de su vida real?

«Pura ilusión», pensó él. Ilusión y deseo. Y triunfo. Estaba ganando. Pronto sería suya.

Ruby sonrió animada.

—Nadie te ha reconocido.

Ares miró el traje de esquiar de los años ochenta que llevaba. Era de color azul claro con rayas blancas y rojas.

—Perfecto —había dicho ella cuando salió del vestidor—. Encajarás sin problema.

Y para su sorpresa, así había sido. El resto de los monitores que participaban en Renegade Night tenían alrededor de veinte años. Incluso a pesar de que Ares era corpulento y alto, nadie se había fijado en él. Claro que también había dos atletas olímpicos de Star Valley. Eran los héroes locales, así que nadie se fijó en Ares con sus gafas viejas.

Era desconcertante, pero también resultaba liberador.

El anonimato significaba privacidad. Libertad. Esa clase de invisibilidad era algo emocionante y nuevo para él.

Incluso cuando era niño, en Grecia, Ares había estado siempre muy controlado. Era el hijo único de Aristedes y Thalia Kourakis, una pareja rica y famosa de la alta sociedad griega. Su madre era famosa por su belleza y su padre por su poder despiadado, y ambos por su matrimonio tempestuoso que había terminado en divorcio.

Y si habían sido despiadados el uno con el otro, lo habían sido todavía más con su único hijo. Lo habían utilizado como un instrumento, durante el matrimonio y durante el divorcio. Ares siempre había sido conocido, y adulado, por el nombre de su familia y su riqueza.

La apariencia era lo que importaba. Sus padres habían pasado muy poco tiempo con él, dejándolo al cuidado de niñeras, mientras trataban de destacar frente al otro comprándole ridículos regalos. Los regalos siempre iban con ataduras. Como el del día que cumplió nueve años, cuando su padre le regaló una empresa aeroespacial brasileña. Al ver que Ares pestañeaba confundido, porque él lo que quería era un perrito, su padre añadió:

—A cambio de este maravilloso regalo, espero que me informes de lo que hace esa zorra a la que llamas mamá.

Allí, mientras sentía el aire helado de las montañas de Idaho en el rostro, se percató de que nunca había tenido la oportunidad de liberarse de su apellido y de todo lo que conllevaba: fama y poder, pero también oscuridad. De pronto, se sentía completamente libre. Y curiosamente vivo.

—¿Por qué sigues ahí parado? No me digas que ya estás cansado —bromeó Ruby.

Ares miró a la mujer bella, e imprevisible, que tenía a su lado. Su melena oscura asomaba bajo su gorro rosa, adornado con una flor roja. Detrás de ella, se veían las antorchas de los últimos esquiadores, como si fueran las luces de unas hadas misteriosas.

No estaba cansado. Para nada.

Deseaba besarla.

Deseaba hacer mucho más que besarla.

Al mirarlo, a Ruby le cambió la expresión del rostro. Su sonrisa se desvaneció. Parecía como si tuviera miedo.

—Vamos —dijo ella, antes de girar y deslizarse ladera abajo. Era una fuerza de la Naturaleza, imparable y temeraria.

Ares la observó. Había poseído a muchas mujeres en su vida, pero era la primera vez que se encontraba con una mujer que no parecía impresionada por su dinero o por su aspecto. Ella lo aceptaba, o no, por sus actos, su talento y sus palabras.

Apenas podía esperar para llevársela a la cama.

Siguiéndola, Ares giró la tabla de snow y se lanzó tras ella.

Ruby llegó primero a la base de la montaña. En mitad de la nieve había una hoguera encendida y, alrededor, los jóvenes que ya habían terminado de esquiar se reían mientras bebían algo caliente.

Ares se quitó la tabla, y colocó las gafas sobre su casco. Momentos después, alguien que no conocía le entregó una taza.

—Toma. Esto te hará entrar en calor.

Ares se guardó los guantes en el bolsillo y agarró la taza.

—Gracias.

—Me llamo Gus —dijo el hombre. Lo miró de nuevo y añadió—. Bonito traje de esquí.

Ares frunció el ceño, pensando que era en tono de mofa. Al ver que el hombre hablaba en serio dijo:

—Gracias.

—Te lo ha prestado Ruby, ¿verdad? Eres el amigo de su primo o algo así.

—Hmm —pronunció Ares y bebió un poco de vino caliente aromatizado con canela y clavo.

—Ya. Esa chica tiene mucho ojo para la ropa vintage —dijo Gus—. Yo siempre le digo que debería empezar su negocio. Lo único que tiene que hacer es pedir un crédito, pero no se lanza.

—¿Un negocio? —Ares arqueó las cejas—. ¿De veras crees que la gente compraría algo así?

—Oh, sí. Mira a tu alrededor.

Ares se fijó y vio que la mayoría de la gente llevaba esa ropa.

—La ropa de diseño es para la gente que no tiene talento y que intenta aparentar que es buena en el deporte —añadió el hombre—. Tu traje es muy chulo.

Ares miró a Ruby, que estaba al otro lado de la hoguera. Un hombre de anchas espaldas estaba hablando con ella.

—¿Quién es ese hombre que está con ella?

—Braden Lassiter es su ex. Estuvieron juntos hasta que él se marchó a jugar en la Liga Nacional de Hockey. Juega para el New York.

Ares entornó los ojos.

—¿Para el New York? —intentó recordar si había oído algo sobre Braden Lassiter—. ¿Estaban comprometidos?

—Eran novios del instituto. Una pena que se separaran. Si hubiesen tenido un bebé, habría sido una fiera en las pistas, probablemente se habría llevado todas las medallas de oro.

Ares los miró unos instantes. Momentos antes, mientras bajaba por la ladera, se había sentido eufórico. De pronto, se sentía paralizado. ¿Qué era? ¿Enfado? ¿Posesividad? No podían ser celos. Él no era celoso.

Terminándose la bebida, Ares le devolvió la taza a Gus.

—Gracias otra vez.

Al menos no era el único que estaba molesto. Al dirigirse hacia Ruby vio que Braden Lassiter se alejaba con el ceño fruncido. El hombre se detuvo para mirarlo mientras Ares se acercaba a ella.

Girándose, Ruby lo miró:

—¡Aquí estás!

Ares señaló con la cabeza hacia el jugador de hockey.

—¿Te estaba molestando?

—¿Braden? Su equipo jugaba en Vancouver y tenía el día libre, así que se ha acercado para participar en Renegade Night. Por supuesto, en cuanto me ve con alguien, me hace miles de preguntas, como si pensara que todavía tiene algún derecho sobre mí.

—¿Estabais comprometidos?

—¿Te lo ha contado Gus? —puso una expresión extraña—. Eso fue hace muchos años. En cuanto se convirtió en millonario, desapareció.

—Cretino.

—Es un recordatorio de lo que el dinero hace en el corazón de los hombres.

—¿Y qué es lo que hace?

Ella lo miró. Sus ojos oscuros brillaban bajo la luz de la hoguera.

—Los convierte en egoístas. Y fríos.

Ares supo que no se refería únicamente a Braden Lassiter.

—O quizá, siempre fuimos así desde el principio y el dinero solo nos brinda más oportunidades.

Ella lo miró un instante. Después suspiró, observando cómo las chispas volaban hacia el cielo.

—Me gustaría que el dinero no existiera.

Frente al fuego, Ares podía sentir el calor de las llamas sobre su cuerpo. No era nada comparado con el calor que sentía por dentro al mirarla.

—Me alegro de que exista, porque gracias a eso estoy aquí contigo ahora.

—¡No te he traído aquí por el dinero!

—Lo sé, pero seguirías trabajando en el bar —le acarició la mejilla y el labio inferior con el dedo pulgar—. No podría haberte chantajeado para que me trajeras aquí.

Él noto que ella empezaba a temblar.

–No me has chantajeado.

–¿No? –preguntó, Ares, mirándola.

–No –admitió ella, y respiró hondo–. Puede –susurró–. También eres diferente.

El fuego de la hoguera chisporroteó justo en el momento en que ellos se miraron. La luz del fuego se reflejaba en los ojos oscuros de Ruby, a pesar de que el otro lado de su melena oscura estaba iluminado por la luz plateada de la luna. «Oro y plata», pensó él. ¿Por qué Ruby le recordaba a la princesa de un cuento de hadas? Un cuento de hadas que terminaba con ellos desnudos y con los cuerpos entrelazados. Ella nublaba todo su pensamiento excepto el deseo...

Ares le sujetó el rostro y notó que su piel entraba en calor debido al contacto con sus manos. Ella empezó a temblar y separó los labios a modo de invitación.

Él inclinó la cabeza y la besó.

Era tan dulce. Sus labios eran suaves como la seda y sabían a azúcar. Ella se estremeció y él notó que un fuerte calor se iba instalando en su interior. Entonces, ella lo rodeó por el cuello y lo besó también.

Ares notó que el ardor estallaba en su interior y la abrazó con fuerza contra su cuerpo, olvidándose de todo lo demás, excepto del dulzor de sus labios y del roce de su cuerpo contra el de él.

Ares oyó que la gente empezaba a aplaudir y a hacer comentarios.

–Alquilad una habitación –gritó alguien.

–Pensaba que era su primo –dijo otra persona.

–¿Quién es?

–Oh, cielos... ¿Es Ares Kourakis?

Las últimas palabras rompieron el hechizo, y Ruby se tensó entre los brazos de Ares. Él no la soltó.

Acariciándole el cabello, Ares murmuró.

–Salgamos de aquí. Ven conmigo.

Ella miró a sus amigos con cara de preocupación. Se humedeció los labios y susurró:

—No debería...

—Solo para tomar una copa.

—Ya te lo he dicho. No bebo.

—No hemos comido nada en toda la noche. Debes tener hambre. Deja que te haga la cena.

—¿Sabes cocinar?

Ares se había criado en una casa llena de sirvientes y no había cocinado en su vida, pero eso no estaba dispuesto a admitirlo.

—Te prepararé algo impresionante.

Ella sonrió.

—¿Cómo de impresionante?

Él la miró a los ojos.

—Lo mejor que hayas probado nunca.

Ruby lo miró sorprendida al oír su insinuación.

—No puedo.

Él arqueó las cejas.

—Creía que eras el tipo de chica a la que no le importa lo que piensen los demás. Que solo te preocupaba tu propio placer.

Ella soltó una carcajada.

—¿Qué te ha hecho pensar eso?

Él la miró a los ojos.

—¿Cuándo ha sido la última vez que te diste prioridad a ti misma?

—Esta noche. Al venir aquí contigo.

—¿Y antes de esto?

—Hace bastante tiempo.

Ares la abrazó con fuerza y la miró, disfrutando del calor de su cuerpo en el frío de la noche.

—Lo único que tienes que decir es sí.

Ruby se sonrojó todavía más y dijo con voz temblorosa:

–Solo intentas conseguir lo que quieres.

–Por supuesto –dijo él–. Te quiero a ti, Ruby. No he tratado de ocultarlo. Ni tampoco el hecho de que soy egoísta y despiadado...

Inclinó la cabeza y la besó. Ella empezó a temblar entre sus brazos y se agarró a él para estabilizarse.

–Basta –dijo ella cuando él la soltó y sus amigos comenzaron a hacer comentarios otra vez–. Iré contigo.

–¿De veras? –preguntó con tono triunfal.

–Solo a cenar. Nada más.

Era mentira, y él lo sabía. Por la manera en que lo había besado debía saber que la comida solo sería el entrante de su menú sensual. Aunque si Ruby necesitaba autoengañarse, él no pensaba discutir con ella.

Ares la observó mientras ella recogía los guantes y se despedía de sus amigos. Todavía podía sentir el calor de sus labios. Y su sabor. La espera era una agonía. Cada momento que pasaban sin desnudarse parecía una eternidad.

Con la tabla de snow bajo el brazo, Ares la siguió por el camino hasta el aparcamiento donde habían dejado la camioneta. Ella dudó un instante, soltó una risita y lo miró.

–Creo que no puedo conducir –se llevó la mano a la frente–. Estoy temblando un poco. Ha sido un día largo. Puede que tenga un bajón de azúcar. No sé qué me pasa.

–Yo conduciré.

–Has estado bebiendo.

Ares se rio.

–Dos sorbos de whisky, media cerveza y un vaso de vino caliente en cuatro horas.

–Mi camioneta tiene truco...

Él le quitó las llaves.

–Las tengo –abrió el maletero y guardó las tablas de snow. Abrió la puerta del vehículo y ayudó a Ruby a subir. Al tocarle la mano, notó que estaba temblando. ¿O era él quien temblaba?

Desechó la idea. Era ridículo.

Ruby Prescott era una mujer como cualquier otra. Una vez que la poseyera, se quedaría satisfecho. Al día siguiente podría marcharse a Sídney y no volver a pensar en ello.

Ruby era diferente del resto, sí.

Aunque no tan diferente.

Ruby nunca había creído en los cuentos de hadas. No podía hacerlo después de haberse criado como lo había hecho.

Su madre era la persona más buena y amable del planeta. Bonnie siempre veía lo mejor de la gente y creía que las cosas buenas estaban a la vuelta de la esquina. Creía que, si uno trabajaba duro, confiaba en sus sueños y cuidaba de los demás, sería feliz.

Estaba equivocada.

A pesar de ser tan buena y tan amable, Bonnie había sido desafortunada. Sus padres, los abuelos de Ruby, habían fallecido antes de que Bonnie cumpliera diecinueve años y apenas le habían dejado ahorros. El verano del año en que terminó el instituto, ella empezó a trabajar como camarera. Intentaba ahorrar para poder asistir a la universidad, pero un atractivo millonario de Buenos Aires, que se alojaba en el hotel donde ella trabajaba la cautivó. Bonnie había pensado que había encontrado el amor verdadero, tal y como siempre había soñado, pero cuando se quedó embarazada de Ruby, en lugar de mostrarse emocionado y proponerle matrimonio, el hombre le había gritado, le había lanzado algunos billetes de cien dólares para que abortara y se había marchado del país para no regresar jamás.

Bonnie se mudó a una caravana de alquiler barato, y trató de criar a su hija mientras cobraba el salario mínimo, confiando en mejorar su situación. Sin embargo, cuando Ruby cumplió los cinco años, su madre se enamoró de otro huésped rico del hotel. Un hombre de Texas diez años mayor que ella, que trabajaba en el sector del petróleo. Bonnie había confiado en que sería un buen padre para Ruby.

Durante las visitas que les había hecho a lo largo del invierno, él le había dicho a Bonnie que la quería. Y pensando en que pronto se casarían, ella había aceptado mantener relaciones sexuales sin protección, tal y como él quería. Cuando llegó el verano y Bonnie descubrió que estaba embarazada, él no quiso casarse con ella.

—Estoy casado con mi empresa —le había dicho él con una sonrisa. Y respecto a la manutención del bebé, él le había pedido que no lo denunciara.

—Espera un poco. Hasta que la próxima prospección petrolífera dé beneficios. Después me ocuparé de ti y de ese bebé, no te preocupes.

No fue así. Él dejó de ir a Star Valley e ignoró todos los mensajes que Bonnie le mandó. Antes de que Ivy naciera, los precios del petróleo cayeron en picado y su empresa entró en bancarrota. Incapaz de enfrentarse al problema, él estrelló su coche contra un poste de telefonía y murió. El forense lo consideró un accidente.

Después de eso, Bonnie aprendió la lección. Y a sus hijas les repitió una y otra vez que nunca se fiaran de lo que les dijera un hombre rico.

«Y mira para lo que ha servido», pensó Ruby. Ivy seguía pensando en casarse con un millonario. Y Ruby, había estado a punto de casarse con Braden, quien la abandonó en cuanto firmó el contrato con NHL.

Los cuentos de hadas no eran reales. Los hombres

que parecían príncipes azules mentían, y trataban de atraer a las mujeres jóvenes prometiéndoles amor.

¿Y para qué le había servido el amor a su madre excepto para destruir su capacidad de perseguir sus sueños, dejándola en la ruina y con el corazón roto?

¿Y para qué le había servido a Ruby, aparte de para quedarse sola y sintiéndose humillada en el altar?

Ruby se alegraba de que Braden se hubiera marchado cuando lo hizo. Cuando su amor era todavía inocente. Antes de que se casaran, o tuvieran un hijo. No obstante, no tenía intención de volver a confiar en un hombre rico y despiadado nunca más.

Y esa misma noche, Ares la había besado.

Era el beso con el que Ruby había soñado, incluso a pesar de repetirse una y otra vez que los sueños románticos no se hacían realidad. El beso que había estado esperando toda su vida.

Él la había abrazado junto a la hoguera, bajo un cielo estrellado. Y cuando sus labios se rozaron, ella perdió toda su sensatez, olvidándose de los planes y las promesas que había hecho.

Solo quedaba aquello.

Solo quedaba él.

Ruby lo miró de reojo mientras conducía su camioneta por la carretera nevada. Se fijó en sus labios sensuales, y recordó el beso que habían compartido.

Nunca había permitido que alguien condujera su camioneta, pero esa noche no tenía elección, ya que sentía debilidad en las piernas. Y no porque necesitara comer o estuviera cansada por el snowboard.

Ares tenía razón. Estaba hambrienta. Después de tantos años tratando de ser fuerte para los demás, se sentía como si hubiera estado muerta de hambre durante años, en el curso de un trabajo inacabado. Su vida carecía de color. Y de alegrías.

«Creía que eras el tipo de chica a la que no le importa lo que piensen los demás. Que solo te preocupaba tu propio placer».

Ruby se estremeció al recordar sus palabras. No podía permitir que le pudiera la tentación. Él ya le había dicho que era egoísta y despiadado. Que no le gustaban las cosas complicadas. ¿Por qué iba a ser tan tonta como para creer que, si tenía una aventura amorosa con él, aunque fuera solo una noche, podía no terminar mal?

Sin embargo...

Al mirarlo, el corazón comenzó a latirle con fuerza. Percibía peligro. Placer. Excitación. Estaba tentada. Lo deseaba a pesar de que sabía que era una idiotez. Aquel beso había provocado que perdiera el sentido común.

Ares la miró y una ola de calor la invadió por dentro.

Quizá se había convertido en una solterona de veinticuatro años, virgen, que trabajaba demasiado y que había abandonado sus sueños, tal y como le había reprochado su hermana. No obstante, si de verdad quería cambiar, si deseaba tener un primer amante, sería mejor que se lo propusiera a Monty o incluso a Paul Vence, en lugar de permitir que la sedujera un multimillonario griego, egoísta y arrogante al que deseaban todas las demás. Incluso su hermana pequeña.

De pronto, Ruby oyó que sonaba su teléfono dentro de la bolsa. Metió la mano y, al mirar la pantalla, vio que era Ivy. Un sentimiento de culpa se apoderó de ella y presionó un botón para colgar la llamada.

−¿Todo bien?

La voz de Ares era sensual y provocó que se le formara un nudo en su interior.

−Todo bien −se mordió el labio, respiró hondo y se apresuró a decir−, aunque creo que he cambiado de opinión sobre lo de la cena y debería irme a casa...

Él agarró el volante con fuerza.

—¿Eso es lo que quieres?

—Sí, eso es.

Ares detuvo la camioneta con brusquedad en mitad de la calle oscura y vacía. Apagó el motor y la miró.

—Mientes —la miró fijamente—. No te quieres ir a casa. Sé que no, después de cómo me has besado.

Ella se encogió de hombros.

—Supongo que el beso no ha sido del todo malo...

—¿Malo? —preguntó incrédulo.

—Solo ha sido un beso —se sentía orgullosa de poder mantener calmada la voz, como si el abrazo que habían compartido no hubiera provocado que le diera un vuelco el corazón, dejándola débil y nostálgica.

—Ambos sabemos que era algo más —dijo él—. Tú lo has sentido, y yo también.

—No sé de qué estás hablando.

Él parecía sorprendido. Después enfadado. Se volvió hacia ella, la sujetó por los hombros y la miró.

—Antes de conocerte, estaba aburrido de todo. Ahora, hay una cosa en la que no puedo dejar de pensar. Una cosa que he de tener. A cualquier precio.

A Ruby le latía el corazón con fuerza. Ares le estaba diciendo todo lo que ella sentía. Temblando, tartamudeó:

—Creía que no te gustaban las cosas complicadas.

—Esto no es complicado. Es sencillo. Quiero que esta noche vengas a casa conmigo. Y sé que tú sientes lo mismo. ¿Por qué intentas negarlo?

Ruby respiró hondo. Lo deseaba desde el momento en que lo vio en la discoteca, aunque había intentado fingir que era de otra manera. Los cuentos de hadas no se hacían realidad y por tanto era imposible que un atractivo multimillonario llegara a un pueblo de montaña y eligiera a Ruby entre cualquier otra mujer.

Los hombres ricos solo querían lo que no podían

tener. Ruby lo sabía. Una vez conseguido, dejaban de tener interés. Si ella permitía que la sedujera, Ares buscaría enseguida otras mujeres a las que seducir.

¿Y si se equivocaba? ¿Y si su aventura amorosa duraba más de una noche?

Eso podría ser incluso peor. Enamorarse de un hombre como Ares podría destrozar su vida, igual que le había sucedido a su madre.

Sin embargo...

Cuando Ares le acarició el brazo, todo su cuerpo reaccionó. Ella cerró los ojos y contuvo la respiración.

El teléfono comenzó a sonar otra vez. Con un rápido movimiento, Ruby lo apagó.

–Solo una cena –susurró, abriendo los ojos.

Ares sonrió. Sus ojos oscuros reflejaban algo más primitivo que pura satisfacción. Arrancó la camioneta otra vez y subió por la calle privada lo más deprisa que pudo.

Capítulo 4

SOLO una cena».

Nada más decir las palabras, Ruby supo que estaba jugando con fuego. Cada momento que pasaba con Ares empeoraba la situación. Era muy fácil que él la sedujera. Incluso sabiendo que terminaría rompiéndole el corazón.

No obstante, no podía volver a casa. Todavía no. Durante mucho tiempo había vivido únicamente para cuidar a su familia, olvidándose de lo que era hacer otra cosa que no fuera trabajar. La mayor parte de las emociones que había tenido el año anterior habían sido negativas. El empeoramiento del estado de salud de su madre. La rabia de su hermana. Largas y dolorosas batallas con las compañías de seguro y los cobradores de facturas.

En esos momentos observaba a Ares conduciendo por un camino forestal, como si lo persiguiera un huracán, como si el poderoso y atractivo millonario pensara que su vida no merecía la pena, a menos que llevara a Ruby inmediatamente a su casa.

«Hay una cosa en la que no puedo dejar de pensar. Una cosa que he de tener. A cualquier precio».

Ruby se estremeció. Nunca se había sentido deseada de esa manera. Era casi imposible resistirse, pero lo haría.

«Me quedaré una hora», se dijo. «Solo un ratito. Una

cena, y quizá un beso. O unos cuantos besos». No permitiría que llegara más lejos.

Necesitaba olvidarse de su vida real durante un rato. Sentir placer. Sentirse viva.

Después, volvería a la vida real con el recuerdo de una noche durante la que fue valorada, seducida y cuidada por un atractivo príncipe.

Tras detenerse junto a la puerta electrónica, Ares marcó un código para entrar. La puerta se abrió y avanzaron por el camino pasando por delante de unas casitas.

—¿Quién vive aquí?

—El guardés y el ama de llaves. Mi guardaespaldas. Mi chófer.

Su tono era ronco. Temblando, Ruby decidió no hacer más preguntas. Al fondo, se veía la casa principal con las luces encendidas iluminando la noche oscura. La casa era enorme y estaba hecha de piedra y madera.

Habían retirado la nieve de la entrada. Ares aparcó la camioneta frente a la casa y la ayudó a salir.

En la puerta principal, Ares metió otro código de seguridad. Sujetó la puerta para que ella pasara y la devoró con la mirada mientras entraba.

Una vez dentro, Ruby se fijó en que la casa había cambiado desde que ella entró como parte del equipo de limpieza. En aquel entonces, todo estaba preparado para atraer a los potenciales compradores y las paredes eran de colores y los sofás muy cómodos. Todo eso había desaparecido. Los muebles eran sencillos y todo era de color blanco o negro.

Se detuvieron en el vestidor para quitarse las botas. Ruby se quitó el anorak de esquiar y dudó un instante.

Él llevó la mano hasta la cremallera de su mono de esquiar y le preguntó:

—Necesitas ayuda.

Ruby se sonrojó y se dio la vuelta.

–No...

–Tú misma –Ares se desabrochó el colorido mono de esquiar de los años ochenta y se lo quitó.

Ruby observó asombrada su torso musculoso. Estaba desnudo de cintura para arriba y solo llevaba un pantalón largo y de color negro. Cuando él vio que lo estaba mirando, sonrió, y eso provocó que a ella le temblara todo el cuerpo.

Ruby se volvió rápidamente hacia la bolsa que había sacado de la camioneta, y sacó la camisa de Ares, el abrigo y sus zapatos.

–Aquí tienes tus cosas.

–Gracias –dijo él, pero no se movió a recogerlas del banco del vestidor. Tampoco trató de ocultar su torso denudo, ni de darse la vuelta. Ni siquiera parecía avergonzado. ¿Y por qué debería estarlo? Tenía un cuerpo magnífico, fuerte y musculado.

A pesar de sus esfuerzos, Ruby no consiguió evitar fijarse en la línea de vello oscuro que bajaba por su vientre y se ocultaba bajo la cinturilla de los pantalones.

Él se acercó a ella.

–Quítate eso –le dijo, tirando con suavidad de los tirantes de su peto de esquiar–. No querrás mojarlo todo y hacer que el ama de llaves tenga que encerar de nuevo el suelo, ¿verdad?

Él hablaba en tono de broma, pero ella se lo tomó en serio. Encerar el suelo era una pesadez.

–No –suspiró, y se desabrochó los pantalones de esquiar para quitárselos y meterlos doblados en la bolsa. Debajo llevaba unas mallas y una camiseta negra de manga larga. Ambas prendas estaban ceñidas a su cuerpo.

Ares la miró de arriba abajo y ella oyó que se le escapaba un suave silbido. Era evidente que él también estaba descentrado por su presencia. Ruby no sabía cómo era posible, pero así era.

—Solo una cena —dijo ella.

—Por supuesto —murmuró él, con un brillo en la mirada—. Ven conmigo.

Tomándola de la mano, la guio por el pasillo hasta la cocina. Cuando encendió la luz, Ruby se fijó en que todo estaba impoluto.

—El ama de llaves hace un buen trabajo —dijo ella.

—Está agradable, ¿verdad? —miró a su alrededor y sonrió—. Es la primera vez que estoy en la cocina.

—¿Qué? ¡Me dijiste que sabías cocinar!

Ares sonrió con cara de pillo.

—Bueno, sé cocinar algunas cosas. Cereales. Sándwiches...

Ruby soltó una carcajada.

—Eso es lo que me imaginaba.

—No es culpa mía. Me crie rodeado de sirvientes.

—Qué historia más triste —dijo ella con ironía—. Por otro lado, está bien encontrar a alguien que cocina tan mal como yo.

—¿No sabes cocinar? —preguntó Ares, arqueando las cejas.

—Solo si viene en una caja, como macarrones con queso. Ivy siempre ha sido la cocinera de la familia.

—Hmm. Bueno, veamos qué tiene el ama de llaves guardado por aquí —abrió la nevera y miró en su interior—. Voy a sorprenderte.

Cinco minutos más tarde, le dio a Ruby un sándwich de pollo recién, lechuga, tomate, y una bandeja con una variedad de quesos importados de Inglaterra y Dinamarca.

Llevaron los platos hasta el salón, desde donde por el enorme ventanal se veía el Monte Chaldie bajo la luna. Cerca del ventanal había una chimenea de ladrillo blanco que llegaba hasta el techo. Ares presionó un interruptor para encender un fuego de gas sobre un montón de piedras negras.

En toda la casa, la decoración era muy básica. Había un sofá blanco frente a la chimenea y una alfombra blanca y suave sobre el suelo negro de madera. Ruby se sentó en la alfombra.

Ares dejó el plato sobre la repisa de la chimenea y se dirigió a un mueble bar.

—¿Qué te apetece beber?

—Agua con gas —contestó Ruby.

—Estás de broma.

—¿Por qué?

Él la miró.

—¿Por qué no bebes alcohol?

Ruby se encogió de hombros.

—Es caro, y estoy demasiado ocupada.

—¿Demasiado ocupada para divertirte?

—Una vez probé la cerveza y no me gustó.

—¿Has probado el champán alguna vez?

—No —admitió ella.

—¿Te apetece probarlo?

Ruby hizo una pausa y se mordió el labio inferior.

—¿Me gustará?

—Pruébalo —abrió la nevera y sacó una botella de champán.

Al ver la etiqueta ella se quedó boquiabierta. Era una de las mejores marcas y en el Atlas Club solo se recibía unas pocas veces al año.

—Estás loco —dijo ella—. Esa botella vale más que mi camioneta.

Él se rio.

—Cualquier cosa vale más que tu camioneta.

—¿Y si no me gusta?

–Te gustará.

–Deberías darme uno barato. No sabré la diferencia.

–No voy a darte lo barato de nada –abrió la botella.

Ruby estiró las piernas sobre la alfombra para calentarse los pies junto al fuego. Él se sentó a su lado, le entregó la copa y brindó con ella.

–Por la Renegade Night –susurró él, y bebió un sorbo.

Sin dejar de mirarlo, ella bebió un sorbo de champán. Estaba frío y tenía un sabor dulce. Ruby notó que las burbujas descendían por su garganta.

–¿Te gusta?

–Sí –dijo ella.

–El buqué va bien con el sándwich.

Ella se preguntó si estaba bromeando. Al ver su sonrisa, decidió que sí.

Le dio un mordisco al sándwich y suspiró.

–Tenías razón. Sabes cocinar.

–Te lo dije –contestó él.

Ruby se había comido casi todo el sándwich antes de darse cuenta de que él apenas había probado el suyo. Frunció el ceño y le preguntó:

–¿Por qué no comes?

Él dejó la copa y la miró.

–No tengo hambre de comida –contestó en voz baja.

Le retiró la copa de champán y el plato de las manos y los dejó sobre la repisa de piedra.

Se acercó a Ruby y la estrechó contra su cuerpo. Ella notó el calor que desprendía su torso desnudo y sus brazos poderosos.

Despacio, él inclinó la cabeza y la besó de forma apasionada. Deslizó las manos por su cuerpo, sobre la fina tela de las mallas y de la camiseta. Ruby se estremeció bajo sus caricias y notó que sus pezones se ponían turgentes. Sin darse cuenta, lo abrazó por el cuello y lo atrajo hacia sí. Al sentir el calor de su cuerpo musculoso, suspiró.

Ares la tumbó sobre la alfombra blanca y la besó en el cuello. Ella echó la cabeza hacia atrás, cerró los ojos y sintió que él le acariciaba el cuerpo, bajo la camiseta, sobre su vientre desnudo. El roce de sus dedos era una delicia para su piel. Y todas las promesas que se había hecho, quedaron en el olvido.

Él la besó durante largo rato, hasta que sus labios se hincharon. Hasta que ella se rindió y comenzó a besarlo con el mismo deseo que él.

Ares se puso en pie y la tomó en brazos, estrechándola contra su pecho. La llevó por el pasillo hasta el dormitorio y encendió el fuego de la chimenea de gas. La cama estaba iluminada por un rayo de luna que entraba por la ventana.

Ruby trató de recordar por qué no debería permitir que aquello sucediese, pero, en esos momentos, estar entre sus brazos era lo que más deseaba.

Quizá se había equivocado. Quizá los cuentos de hadas sí podían convertirse en realidad...

Deslizándose contra su cuerpo, Ruby apoyó los pies en el suelo y notó su miembro erecto y ardiente de deseo.

Él le levantó los brazos para quitarle la camiseta y se inclinó sobre ella para desabrocharle el sujetador. Ruby notó que posaba la mirada sobre sus senos mientras la prenda caía al suelo.

–Preciosa –susurró–. Llevo toda la noche deseando hacer esto.

Inclinó la cabeza y cubrió uno de los pezones de Ruby con la boca.

Un intenso placer se apoderó de ella y Ruby gimió. Ares le acarició los senos con las manos y se arrodilló frente a ella. Llevó las manos a su cintura y, despacio, le bajó las mallas hasta los tobillos. Le levantó un pie, y después otro para quitárselas. Ella se quedó solo con la ropa interior. Ares, apoyó la frente contra su vientre desnudo y cerró los ojos.

Después, suspiró mientras le acariciaba el trasero. Moviendo la cabeza, restregó el mentón contra su cadera y bajó hasta su entrepierna bordeando la ropa interior. Ruby se estremeció. Observó la habitación iluminada por el fuego y notó la suavidad de la alfombra bajo los dedos de los pies. Percibía el calor de la respiración de Ares contra la piel.

Después de retirarle la ropa interior, él colocó la cabeza entre sus muslos.

Y la probó.

Ruby se agarró a los hombros y gimió al notar que el placer la invadía por dentro. Cuando él comenzó a acariciarla con la lengua, el placer se hizo tan intenso que apenas se podía controlar. Sabía que debía apartarlo, hacer que se detuviera, pero... ¡No quería que parara!

Ruby echó la cabeza hacia atrás y contuvo la respiración. Tenía los pezones turgentes y todo su cuerpo estaba tenso por el deseo.

—Dulce —susurró él contra su piel—. Muy dulce.

Con cuidado, él la tumbó de nuevo en la cama. Ruby cerró los ojos con fuerza y oyó cómo se quitaba el resto de la ropa. Notó que el colchón se movía y después el peso del cuerpo de Ares sobre el de ella, con su miembro erecto presionándole el muslo. Estaba perdida. Perdida.

Ares se movió despacio sin dejar de besarle la piel. Entonces, colocó la cabeza entre sus piernas.

Ella se agarró a la colcha con fuerza mientras él la acariciaba con la lengua. Ares le separó bien las piernas e introdujo la punta de la lengua en su interior. Ruby se quedó impresionada por el intenso placer que experimentó. Ares continuó acariciándola con la boca. Era demasiado. Ella le sujetó la cabeza, pero él no se movió. No pensaba dejarla. Ruby gimió y él la sostuvo en el sitio esperando a que se rindiera ante el placer.

Ruby soltó un fuerte gemido y sintió como si su cuerpo y su alma se rompieran en pedacitos.

Él se incorporó un momento y sacó un preservativo de la mesilla. Después de colocarlo sobre su miembro erecto, se colocó de nuevo entre las piernas de Ruby y la penetró con cuidado.

Al sentir dolor, ella le clavó las uñas en los hombros. Él se quedó paralizado.

–¿Eras virgen?

Ella asintió, cerró los ojos y giró la cabeza hacia otro lado.

–¿Cómo es posible? –preguntó él, casi enfadado.

¿Cómo iba a explicarle que había estado esperando al amor verdadero, al príncipe azul que la cautivara de verdad?

–Ruby.

Ella lo miró con lágrimas en los ojos.

Él no se movió y esperó a que el cuerpo de Ruby lo acogiera en su interior.

–Si lo hubiera sabido...

–Por eso no te lo he dicho.

Ares las sujetó por los hombros.

–No quería...

–Ya está. No voy a arrepentirme –pestañeó y susurró–. Bésame.

Él la miró e inclinó la cabeza. La besó en los párpados, en las mejillas y en los labios.

Ella lo besó también, y empezó a juguetear con la lengua. Se sentía diferente. Nada podría convertirla en la chica que había sido hasta entonces. Con los cuerpos entrelazados, ella lo besó de forma apasionada y se entregó a él por completo.

Oyó que el contenía un gemido. Notaba su miembro erecto en el interior y empezó a sentir una intensa sensación en la parte baja del vientre.

Despacio, él comenzó a moverse en su interior. El placer se hizo cada vez más intenso y Ruby comenzó a arquear la espalda con cada movimiento, permitiendo que la penetración fuera cada vez más profunda.

Ares empezó a respirar de manera agitada. En un momento dado, ella permaneció quieta esperando a que la penetrara con más fuerza y cuando esto sucedió todo comenzó a dar vueltas a su alrededor. Con un fuerte gemido, él derramó su esencia en su interior, mientras Ruby se dejaba consumir por el placer.

En algún lugar estaba sonando un teléfono. Paraba y volvía a empezar.

Ares deseaba que dejara de sonar. Quería seguir durmiendo donde estaba. Abrió los ojos despacio.

Ruby estaba dormida entre sus brazos, con la mejilla apoyada contra su pecho. Él la estaba abrazando.

Virgen. Se había acostado con ella cuando todavía era virgen. No podía creerlo. Ni tampoco podía creer que la noche que había compartido con ella había sido la mejor noche de su vida.

Había pensado que le bastaría con poseerla una vez. No obstante, se había dado cuenta de que quizá se estaba mintiendo a sí mismo, igual que cuando Ruby le había dicho que solo iría a su casa a cenar.

Miró por la ventana y vio que el cielo estaba de color rosado. Estaba a punto de amanecer. Había dormido toda la noche seguida con ella entre sus brazos. Nunca había hecho eso con una mujer, y siempre había sido motivo de discusión con sus amantes. No soportaba tener a alguien cerca mientras dormía.

Hasta entonces.

Ruby era diferente a las demás.

Mucho más de lo que él había imaginado.

Con cuidado para no despertarla, se retiró para contestar el teléfono que estaba en la mesilla. Vio el número de su piloto y contestó:

—¿Sí?

—El avión está preparado. Sé que querías salir lo más temprano posible, así que por eso te aviso.

—Gracias —contestó Ares, y colgó.

Ruby seguía dormida a su lado. Desnuda. Y él descubrió que todavía la deseaba. Y mucho.

La besó en la frente para despertarla y ella abrió los ojos y sonrió.

—Hola.

—Hola —repuso él, acariciándole la mejilla.

Ella suspiró de placer. Él la besó en los labios y, medio dormida, ella lo abrazó.

De pronto, se retiró sobresaltada y se sentó en la cama.

—¿Qué hora es? —preguntó asustada.

Él se encogió de hombros y se fijó en lo bella que era cuando la sábana dejó al descubierto su pezón rosado.

—¿De noche? ¿De día? ¿Qué más da?

—¡No he vuelto a casa! Mi madre debe estar muy preocupada. Y mi hermana... —lo miró horrorizada—. Si Ivy se entera de que me he acostado contigo después de cómo le grité...

—Estará bien.

—¡Me odiará!

—Nunca he estado interesado en ella, así que no veo por qué se va a enfadar.

–Por hipócrita –Ruby salió de la cama y él la miró de arriba abajo apreciando su cuerpo desnudo–. Y se supone que tengo que dar clase de esquí a las nueve. ¡No puedo llegar tarde!

Lo último que él deseaba era que ella dejara su cama.

–Deja el trabajo. Quédate conmigo.

–¿Estás loco? ¡No voy a perder mi trabajo!

–Deja todos tus trabajos –la miró con una sonrisa–. Escápate conmigo.

–¿Qué quieres decir? –preguntó ella mientras se ponía la ropa interior.

Ares colocó las manos bajo la cabeza.

–He recibido una llamada del piloto. Mi avión está listo.

–¿Te vas a algún sitio?

–A Sídney.

–¿A Australia?

–Estaré allí unas semanas –la miró–. Ven conmigo.

Ruby lo miró, tragó saliva e intentó decir algo. Él percibió nostalgia en su mirada.

Entonces, ella negó con la cabeza y dijo:

–Es una fantasía.

–Las fantasías se convierten en realidad.

Ella soltó una carcajada.

–Quizá en tu mundo.

–Pues entra en mi mundo.

Ruby lo miro un instante.

–¡Para!

–¿El qué?

–No voy a ir a ningún sitio. Ya te he contado que mi madre está enferma. Soy la única que ingresa dinero en casa. No puedo marcharme.

Ares se relajó, aliviado. Era una cuestión económica, nada más. Durante un momento, había pensado que ella lo estaba rechazando. Los problemas económicos eran sencillos de solucionar.

¿Qué esperaba? Las mujeres siempre querían su dinero. Claro que era lo que podía ofrecerles, aparte de sexo. No estaba dispuesto a darles su tiempo, su corazón, o su nombre

Se levantó de la cama, se puso la ropa interior y se dirigió al escritorio. Solo tenía algunos cientos de dólares en efectivo, así que sacó la chequera.

—¿Cuánto dinero necesitas?

Mientras se abrochaba el sujetador, Ruby preguntó asombrada:

—¿Dinero?

—Sí. ¿Cincuenta mil dólares? ¿Cien?

Ella dio un paso atrás.

—¿Cien mil dólares?

—¿No es suficiente?

—¿Para qué vas a darme dinero? ¿Por qué me estás pagando?

Ares frunció el ceño y la miró.

—Solo quiero que vengas a Australia conmigo.

—Si quieres pasar tiempo conmigo, no tienes que pagarme. ¡Quédate aquí!

—¿En Star Valley? —resopló—. Las vacaciones no pueden durar siempre. Tengo cosas que hacer.

—¡Y yo también!

—¿Como qué? —preguntó con incredulidad—. ¿Servir copas? Enseñar a los niños a esquiar.

Ella lo miró con frialdad.

—Así que lo que tú haces es muy importante y lo que yo hago no.

—No compararás tus trabajos mal pagados con dirigir un conglomerado de empresas multimillonarias —dijo él—. Yo tengo accionistas y miles de empleados. Mientras que tú...

Ruby lo miró con los ojos entornados y se cruzó de brazos.

—Yo, ¿qué?

—Estás desperdiciando tu talento.

—¿De qué talento estás hablando?

Ares no sabía por qué parecía tan enfadada, ni por qué había bajado la sensación térmica de la habitación.

—Eres mejor que los trabajos que realizas, Ruby. Es evidente que te mereces mucho más.

—Y con eso quieres decir que, en lugar de trabajar en un empleo honesto, ¿debería dedicarme a estar en tu cama contratada a tiempo completo?

Él apretó los dientes.

—¡No es eso lo que quiero decir!

—Entonces, ¿por qué ibas a pagarme?

—Intento ayudarte. El dinero no significa nada para mí. No es más que un medio para conseguir lo que quiero.

Ruby lo miró con frialdad.

—Aquí solo hay un medio, y lo tengo delante.

—Comentaste que el dinero era un problema, y yo solo trataba de solucionártelo.

—Intentabas comprármelo.

—Hemos pasado una noche estupenda. Quiero un poco más de tiempo contigo. ¿Por qué te ofendes?

—No soy yo a quien quieres. Es solo que no estás preparado a separarte de tu juguete. Ni siquiera me conoces —Ruby alzó la barbilla—. Si me conocieras bien sabrías que nunca estaré dispuesta a dejar mi vida, mis amigos, o mi casa, para ser la amante de cualquier hombre rico.

«Cualquier hombre rico». Él se sintió ofendido por sus palabras.

—Te preocupa tu familia Yo puedo ayudarte. Eso es todo.

–¿Crees que el dinero puede sustituirme? ¿Crees que puedo marcharme sin más? Mi madre no solo está enferma. Se está muriendo.

–Hablas como si fuese algo malo –murmuró él, pensando en sus padres.

Era lo peor que pudo decir.

Ruby respiró hondo y se marchó de la habitación. Él dejó el bolígrafo sobre la chequera y la siguió hasta el salón.

–Basta, Ruby –le dijo–. No seas ridícula.

–¿Ahora soy ridícula? –se puso la camiseta–. Mis trabajos no son importantes, mi familia tampoco. Nada te importa acerca de mí, ¡excepto que soy útil en tu cama!

–¡No es eso lo que he dicho!

Ella se puso las mallas tan rápido que estuvo a punto de tropezar con la alfombra que estaba frente a la chimenea.

–Me asustaba ser una aventura de una noche. Me asustaba enamorarme de ti y que se me partiera el corazón, pero esto es peor. Porque ni siquiera soy una persona para ti. ¡Solo soy un juguete que crees que puedes comprar!

–¡Eso no es cierto!

–¡Me has ofrecido un cheque!

–¡Empiezo a arrepentirme!

Las lágrimas se agolparon en sus ojos.

–¿Pensabas pagarme por horas o por servicio prestado? ¡Solo es curiosidad!

–Trataba de ser simpático.

–¿Simpático? ¡Me lo has restregado en la cara! ¡Eres mucho más importante que yo en todos los aspectos! ¡Mira tu dinero! ¡Tienes un trabajo importante en una empresa internacional! Debería arrodillarme y darte las gracias por que estés dispuesto a comprar a una chica como yo para tener sexo.

–Ruby, maldita seas...

–Eres como cualquier hombre rico –soltó ella, secándose las lágrimas–. ¡Eres un egoísta!

Ares apretó los dientes.

–Si eso es lo que crees, ¡olvídalo!

–Lo haré –se metió en el vestidor y recogió su ropa y sus botas–. ¡No te molestes en llamarme nunca más!

–¡No te preocupes!

Y así, Ruby se marchó de la casa dando un portazo.

Afuera, Ares oyó que la camioneta se ponía en marcha. Él se había quedado solo en aquel chalé, entre las sombras del amanecer.

¿Qué diablos había pasado?

La chimenea seguía encendida. Ruby le había ofrecido la noche más maravillosa de su vida, sin embargo, al amanecer lo había rechazado. Ares tenía una extraña sensación en el pecho.

Era una mujer diferente. No había querido su dinero. Ella lo había juzgado por su carácter únicamente. Después de una noche de pasión, ella había mirado dentro de su alma para ver qué más encontraba.

Y la respuesta era: nada.

¿Qué más le daba? Él no la necesitaba. Para nada. Ares agarró el teléfono y marcó un número.

–Dile a Santos que traiga el coche –le pidió al guardaespaldas–. Quiero estar en el aeropuerto dentro de diez minutos.

Ruby se secó las lágrimas mientras conducía la camioneta por la carretera.

Se alegraba de que el trayecto hasta su remolque de Sawtooth fuera tan largo. No podía permitir que su madre la viera así.

O Ivy.

Blasfemando en voz baja, Ruby condujo a través de las calles desiertas de Star Valley. Las únicas personas que estaban despiertas a esas horas eran los trabajadores de la limpieza de los hoteles o los camareros. Todos los demás seguían dormidos. Era posible que Ares se hubiera metido de nuevo en la cama. ¿Por qué iba a preocuparle que la hubiera herido? Encontraría a otra mujer más guapa para sustituirla. Probablemente incluso ya se había olvidado de su nombre.

Mientras que Ruby nunca sería capaz de olvidarlo.

Se secó la mejilla con la manga. ¿Cómo se le había ocurrido acostarse con un playboy?

Debería haberlo sabido, pero se había convencido de que a lo mejor era posible que los cuentos de hadas se convirtieran en realidad. Había sido maravilloso descender por la ladera nevada a la luz de la luna. Y que él la besara junto a la hoguera. Ella se había quedado deslumbrada.

No obstante, siempre había sabido cómo terminaría un romance entre Ares Kourakis y una chica como ella. O eso creía.

Ruby nunca había imaginado que podía terminar con él ofreciéndole un cheque.

Ruby aceleró por la autopista, sollozando. Solo había sido un entretenimiento sexual para él. Le había robado la virginidad solo para ver qué tenía que ofrecer. Después de haber hecho la prueba, había decidido que estaba dispuesto a comprarla o, al menos, a alquilarla.

Al pasar junto al aeropuerto vio varios aviones privados aparcados. Uno tenía escrito *Kourakis Enterprises* en un costado.

Si hubiera aceptado ir con él, ella estaría subiéndose a ese avión, como una princesa dispuesta a recorrer mundo.

Se había sentido tentada. Eso era lo peor. Había estado a punto de decir sí. El dinero podría ofrecerle a su madre mejores cuidados, pero Ruby no podía fingir que ese era el único motivo.

Había deseado pasar más tiempo con él. Vivir su vida, aunque fuera brevemente. Pasar cada noche en su cama, aunque fuera por un corto periodo de tiempo.

Y por eso, había estado a punto de abandonar todo aquello en lo que creía.

La idea la avergonzaba. Dejar su trabajo y su familia para convertirse en la amante de un hombre rico habría ido en contra de todo lo que su madre le había enseñado.

Ruby era una persona, no un juguete. Tenía su propia vida y su familia la necesitaba, pero había sido lo suficientemente idiota para entregarle la virginidad a un hombre millonario, frío y egoísta.

Las lágrimas rodaban por sus mejillas cuando Ruby aparcó frente a su casa remolque. Se fijó en que no estaba el coche de su hermana. Era extraño. Abrió la puerta con llave y miró en la cocina.

–¿Hola? –dijo ella, tratando de no despertar a su madre–. ¿Hola? –alzó la voz.

La casa estaba vacía. ¿Dónde estaban? Sacó el teléfono del bolso y vio que Ivy la había llamado diez veces en total. Y que le había mandado veinte mensajes de texto. Asustada, Ruby marcó el número de su hermana sin leer los mensajes.

–¿Qué pasa? –le preguntó en cuanto su hermana contestó.

–¿Dónde has estado? –preguntó Ivy entre lágrimas.

–Lo siento, yo...

–No importa. Llegas demasiado tarde. Estoy en el hospital –comentó Ivy en voz baja–. Mamá acaba de morir.

Capítulo 5

CUATRO meses y medio más tarde, una noche de agosto lloviznaba sobre París. Ares acababa de salir del lujoso hotel de Avenue George V, cuando el guardaespaldas lo acompañó hasta su Bentley cubriéndolo con un paraguas.

–Que tenga buen viaje, señor –le dijo el portero del hotel en francés.

Ares asintió, distraído por el teléfono que sujetaba contra su oreja. Estaba pensando en la reunión que tenía al día siguiente en Mumbai y apenas atendía lo que le decía su asistente desde Nueva York.

–También hemos recibido otra llamada de Poppy Spencer –añadió Dorothy–. Quiere confirmar que asistirá a la gala benéfica el sábado.

Ares puso una mueca. Sospechaba que su antigua amante solo quería restregarle en la cara que se había comprometido recientemente.

–¿Estaré en Nueva York?

–Sí, señor Kourakis, y muchos de sus socios y clientes figuran en la lista de invitados. Quizá le resulte útil asistir a la gala. O incluso divertido, me atrevería a decir. La gala es para niños que...

–Está bien –la interrumpió–. Reserva una mesa.

–Una buena mesa resultará cara a estas alturas.

–Consíguela –dijo él, aburrido del tema–. ¿Eso es todo?

Dorothy se quedó en silencio y eso llamó la atención de Ares.

—¿Dorothy? ¿Estás ahí?

—No estoy segura de cómo decirle esto, señor.

—Oh, cielos. ¿Dejas el puesto?

—No sobreviviría sin mí —contestó—. Hace una hora ha llamado una mujer al teléfono de centralita. Al final, me han pasado la llamada a mí. Dice... Bueno, yo no la habría creído de no ser porque sé que usted estuvo en Star Valley en esas fechas.

Star Valley. De pronto, Ares agarró el teléfono con fuerza.

—¿Quién ha llamado?

—Una mujer que se llama... Ruby Prescott.

Ares se detuvo en la acera.

—¿Qué ha dicho?

—La señorita Prescott quería hablar con usted en persona, pero puesto que no tenía su número personal, le expliqué que no estaba disponible y le sugerí que le dejara un mensaje conmigo.

—¿Y?

Dorothy respiró hondo. Él nunca la había visto tan nerviosa por algo.

—Dijo que se alegraba de no tener que hablar con usted porque... Um...

—Suéltalo.

—Dice que está embarazada. Que el hijo es suyo.

Ares se quedó boquiabierto.

—Ese es el mensaje, señor Kourakis. Siento tener que entrometerme en un asunto tan personal...

Georgios abrió la puerta del coche. Ares tenía el teléfono agarrado con tanta fuerza que le dolían los dedos.

¿Embarazada?

—¿Hay algo que quiera que haga, señor?

Ares miró por la ventana hacia las calles mojadas y

oscuras. Los edificios de la belle epoque, estaban iluminados.

Ruby embarazada.

No era posible. Habían utilizado protección.

Todavía recordaba lo que había sentido al besarla. Y cómo había suspirado al rendirse. Cómo había temblado de placer entre sus brazos. Y cómo él había hecho lo mismo.

Y, además, era virgen. Él nunca había sido el primer amante de una mujer virgen. Ares había perdido la virginidad a los dieciocho años, relativamente tarde si se comparaba con sus amigos, pero siempre había querido esperar al amor. Y eso hizo, hasta que un verano se enamoró de una chica sexy francesa. No fue hasta el fin del verano que su padre le confesó que Melice era una prostituta y que él le había pagado por su trabajo.

«Lo he hecho por tu bien, hijo. Todas esas tonterías acerca del amor me estaban poniendo de los nervios. Ahora ya sabes lo que buscan las mujeres... Dinero. De nada», Ares recordaba las palabras de su padre.

El guardaespaldas cerró la puerta con fuerza y Ares se sobresaltó.

—¿Está ahí, señor?

Ares volvió a centrar la atención en su secretaria.

—Dame su número de teléfono.

Dos minutos más tarde, mientras el conductor sorteaba el tráfico de la ciudad, Ares esperó a que Ruby contestara el teléfono.

¿Por qué no lo hacía?

Cuando se marchó de Star Valley había pensado que podría olvidarla.

Sin embargo, había pasado cuatro meses y medio de celibato, puesto que su cuerpo no deseaba a ninguna otra mujer. No podía olvidar las curvas del cuerpo de Ruby, ni el dulzor de su piel. Ella no quería su dinero.

Se había sentido ofendida por su oferta. Y le había dicho que no volviera a llamarla.

De pronto...

Estaba embarazada. Llevaba a su bebé en el vientre.

—¿Diga? —por fin contestó el teléfono.

Ares se puso nervioso al oír la voz de Ruby y trató de mantener la calma.

—¿Es cierto?

Ella no preguntó quién era o de qué hablaba.

—Sí.

—¿Y estás segura de que el bebé es mío?

—Eres el único hombre con el que me he acostado —contestó ella—. Estoy segura.

Él esperó, pero ella no continuó hablando. Él frunció el ceño. Si estaba embarazada, ¿por qué no hacía exigencias? Deseaba tener la oportunidad de echarle en cara el hecho de que hubiera rechazado el dinero.

No obstante, Ruby no dijo nada.

—¿Qué quieres de mí, Ruby? ¿Dinero? —dijo finalmente—. Porque si piensas que voy a casarme contigo...

—No quiero nada. Solo pensé que debías saberlo.

Entonces, se colgó la llamada.

Ares miró el teléfono con incredulidad.

Ella le había colgado.

Ares pestañeó alucinado.

Si hubiese sido cualquier otra mujer, habría sospechado y exigido un test de paternidad, pero Ruby lo había rechazado, a él y a su dinero, y eso le bastaba para creerla.

Era evidente que odiaba el hecho de llevar a su hijo en el vientre.

Mientras el chófer lo llevaba hacia el aeropuerto, Ares miró pensativo por la ventana

Ruby, embarazada.

De él.

Respiró hondo. Sabía que nunca sería un buen marido o un buen padre. No después de la manera en que se había criado. No. Él conocía sus limitaciones. Ruby pronto se daría cuenta, si no lo había hecho ya, de que estaría mejor criando a su hijo a solas.

Lo que sí podía ofrecerle era dinero. E insistiría en ello. Ni Ruby ni su hijo tendrían necesidades el resto de su vida. Él le regalaría el chalé de la estación de esquí, coches nuevos y una gran fortuna. Crearía un fondo para el bebé. Ruby no tendría que trabajar nunca más. Estaba decidido a mantenerlos. A lo mejor era buena idea llevarla a Nueva York, donde él pudiera asegurarse de que descansara y ocuparse de ella durante el embarazo. Posiblemente ella no aceptara, pero él insistiría.

Sí. Le gustaba la idea de llevarla a Nueva York. Su reino privado.

Ares entornó los ojos. Además, podría terminar con su obsesión por Ruby Prescott de una vez por todas.

Él había intentado olvidarla. Y ya sabía que no lo conseguiría. No hasta que estuviera realmente satisfecho. Entonces, y solo entonces, él se liberaría.

Ares la llevaría a Nueva York hasta que terminara el embarazo y así, además de cuidar de ella, podría convencerla de que volviera a meterse en su cama. Por fin conseguiría librarse de aquel incómodo deseo.

Entornando los ojos, Ares marcó el número de su secretaria.

—Cambia mi agenda —le dijo—. Esta noche no viajaré a Mumbai.

—Ya está —soltó Ruby—. Le he contado lo del bebé. Espero que estés contenta.

—¿Contenta? —Ivy la miró seriamente en la cocina. Desde la noche anterior, cuando Ruby le había dicho que estaba embarazada de Ares Kourakis, su hermana no había dejado de llorar–. ¿Por qué diablos iba a estar contenta?

–Porque lo he llamado, y eso es lo que querías. ¡Has ganado!

Golpeando una lata de magdalenas caseras recién hechas, Ivy masculló enfadada. Llevaba toda la mañana cocinando galletas y magdalenas para llevárselas a los vecinos, sin permitir que Ruby las probara, y gritándole constantemente que le dijera a Ares lo del bebé.

Agotada por la presión, Ruby había accedido. Puesto que no tenía el número privado de Ares, había tenido que llamar a las oficinas de Kourakis Enterprises en Nueva York. Además, había tenido que pedirles a unos y a otros que anotaran un mensaje para su jefe. Finalmente, había conseguido hablar con la secretaria personal de Ares y, para entonces, se sentía tan avergonzada y furiosa que simplemente le soltó la noticia.

En menos de diez minutos, Ares le había devuelto la llamada y, al parecer, Ivy no estaba contenta con cómo Ruby había manejado la conversación.

–Yo no he ganado nada, ni tú tampoco –le dijo Ivy–. ¿Cómo se te ha ocurrido decirle que no quieres nada de él?

–He hecho lo correcto, como dijiste –le dijo a Ivy con frialdad–. Se lo he dicho. Y se acabó. A él no le importará.

–¡Pero pagará!

–No quiero su dinero –Ruby todavía recordaba cómo Ares había pensado que podría comprarla después de seducirla. ¡De ningún modo iba a pedirle dinero y demostrarle que era verdad!

–¡Eres estúpida! –Ivy se cubrió el rostro con las manos–. ¿Qué sentido tiene llamarlo si solo ibas a mandarlo a paseo?

–¡Para que me dejaras en paz!

–¡Eres idiota! –Ivy se paseó de un lado a otro frente al frigorífico.

–¿Por qué? –preguntó Ruby–. ¿Porque no intento sacarle dinero? ¿Porque al contrario que mucha gente, tengo sentido del orgullo?

–¿Orgullo? –su hermana la miró furiosa–. ¿Vas a condenar a tu bebé a criarse como nosotras? ¿Sin dinero? ¿Cómo pagarás la guardería?

Ruby sintió un cosquilleo en el estómago.

–Ya me las arreglaré.

–¿Cómo? No tienes ahorros. Estás trabajando en tres sitios y no tienes seguro médico. ¿Qué vas a hacer si te pones enferma, Ruby? ¿O si se pone enfermo el bebé?

Ruby notó que se le formaba un nudo en el estómago.

–Lo solucionaré.

Ivy parecía a punto de llorar.

–Se reirán de tu hijo en el colegio, como se rieron de nosotras por tener beca de comedor y ropa anticuada...

–A mí me gustaba esa ropa –contestó Ruby–. Aprendí lo bonita que puede ser la ropa vintage.

Su hermana la miró.

–¿También te gustaba recibir ayuda benéfica? ¿Te gustaba oír a mamá llorar por la noche, cuando creía que no la veíamos, por no poder pagar las facturas?

Ruby se sentó en silencio.

–Mamá trabajó muchísimo y no fue suficiente. ¿Crees que le gustaba tener que pedir ayuda gubernamental? –Ivy soltó una risita–. ¿Dónde quedará tu orgullo entonces?

Ruby inclinó la cabeza y notó una náusea.

Durante los últimos meses, había intentado hacer todo lo posible por sobrevivir. Ser fuerte. Y los pocos ahorros que tenía se los había gastado en los cuidados

médicos de su madre. Además, un mes después de la
muerte de su madre Ruby se había dado cuenta de que
estaba embarazada.

La única vez que se había permitido experimentar
placer, había sido castigada en todos los sentidos. Su
madre había fallecido en el hospital sin que Ruby hubiese podido decirle adiós. Seguía destrozada y, a pesar
de su valentía, estaba muy asustada.

—Cuando pienso cómo te he admirado —le dijo Ivy,
mirándola con desaprobación—. Pensaba que eras fuerte
e inteligente. ¡Y ahora mírate!

—¡No puedo pedirle ayuda a Ares! ¡No puedo!

—¿Estás loca? ¡Tienes que hacerlo! Mamá no tuvo
elección. Tú sí, pero no quieres ni preguntarlo. Quizá
Ares te ofrezca millones de dólares. O incluso a lo mejor se casa contigo.

—¡Ahora la que está loca eres tú!

—Al menos, te pagará una pensión. Y, probablemente, mucho más —Ivy negó con la cabeza—. Podrías
ser rica y vivir cómodamente, ¡pero no! No solo me has
robado mi sueño, ¡lo estás estropeando todo! ¡Estás
arruinando tu vida, y la de tu bebé!

¿Era cierto? De pronto, Ruby comenzó a temblar.

—Si acepto su dinero, seré de su propiedad. Quizá...
—no podía decir qué era lo que más temía: que él la
tratara como a un juguete, que la sedujera y consiguiera
que ella lo amara. Que se le rompiera el corazón.

—A ver si lo entiendo —dijo Ivy con frialdad—. No vas
a pedirle dinero, ni matrimonio. ¡Ni siquiera la pensión
para tu hijo!

—Es mi vida, Ivy.

—Tu bebé es quien lo va a sufrir —agarró la maleta de
su madre que estaba en el armario y comenzó a meter
cosas en ella—. No pienso quedarme para verlo.

—¿Qué estás haciendo?

–Lo que debería haber hecho hace mucho tiempo. Irme por mi cuenta.

–¿Te marchas?

–¿Por qué debería quedarme? ¿Porque eres un buen ejemplo para mí? Muchas gracias por evitar que llevara a cabo mi plan de embarazarme y hacerme rica, Ruby –dijo con ironía–. Tu plan es mucho mejor... ¡Te quedas embarazada y pobre!

–¡No había planeado que esto sucediera!

–No. Solo te has equivocado –Ivy arrastró la maleta hasta su dormitorio– ¡Y no voy a permitir que me afecte a mí!

Ivy se había puesto furiosa cuando le contó lo del bebé. No había tenido más elección. Su vientre comenzaba a crecer. Seguramente, se calmaría cuando reflexionara un poco.

Al cabo de un rato, Ivy regresó a la cocina y colocó las magdalenas en una bolsa de papel. Después se volvió hacia su hermana con las llaves en la mano y dijo:

–Supongo que esto es un adiós.

A Ruby se le formó un nudo en la garganta.

–Por favor, no te vayas –susurró–. No soportaré perderte a ti también.

–No fuerces a tu bebé a vivir en la pobreza, Ruby. Ese tipo de orgullo es el equivocado.

Y con esas palabras, su hermana de diecinueve años se marchó dejando a Ruby sola e indecisa en la cocina.

Ella sintió otra náusea. Apoyó las manos contra la encimera para sujetarse. Había avisado en los tres trabajos que estaba enferma. Ya se había visto obligada a faltar al trabajo varias veces. En ninguno de ellos tenía baja por enfermedad, así que, su sueldo sería menor. Cada vez tenía más deudas, y el bebé ni siquiera había nacido.

«¿Qué harás si te pones enferma, Ruby?»

Cerrando los ojos, apoyó la frente sobre la nevera y esperó a que se le pasaran las náuseas. Cada vez se sentía peor. Corrió al baño y llegó justo a tiempo. Después de vomitar se cepilló los dientes y se dio una larga ducha, tratando de que se le pasara el miedo y la ansiedad.

«Lo solucionaré», pensó. «Solo necesito un plan». Tenía que pensar un plan...

Horas más tarde se despertó desorientada. El salón estaba a oscuras y alguien golpeaba la puerta en mitad de la noche. ¡Ivy había regresado!

Ruby corrió hacia la puerta y la abrió.

No era Ivy.

Ares Kourakis estaba en la puerta. Detrás se veía un deportivo negro con un hombre fuerte y alto esperando con los brazos cruzados.

–Hola, Ruby.

–¿Qué haces aquí? –preguntó ella, tartamudeando.

–Me llamaste –dijo él, con una sonrisa.

–No esperaba...

–¿Qué? ¿No esperabas que quisiera asegurarme del bienestar de mi hijo?

Ares entró en el remolque. Asombrada, ella dio un paso atrás. Ares. Allí en su casa. Ruby no podía apartar la mirada de él. Su presencia era abrumadora.

–Pensaba que estabas en París.

–¿Crees que podría haber estado en cualquier parte del mundo y no haber venido a buscarte después de que me colgaras el teléfono?

–Yo...

Estaba lo bastante cerca como para poder tocarlo. Su cabello oscuro era ligeramente más largo de lo que ella recordaba y eso añadía una pizca de incertidumbre salvaje a su aspecto civilizado. Como si bajo la ropa elegante hubiera un bárbaro capaz de hacer cualquier cosa.

—¿Has ido a ver al médico?

—¡Por supuesto! —exclamó—. Una vez —añadió.

—¿Solo una vez?

—Es caro —dijo ella—, pero tengo las vitaminas y todo...

—¿Te las has tomado?

Ella se mordió el labio.

—Estoy teniendo náuseas por la mañana. A veces es difícil tragarse las vitaminas. Algunos días he tenido que llamar al trabajo porque me encontraba mal...

—Eso se acabó.

—¿Estar enferma?

—Trabajar. Ya he llamado a tus jefes para informarles que no volverás a trabajar para ellos.

Ruby respiró hondo antes de estallar.

—¿Qué has hecho?

—¿De veras crees que iba a desaparecer sin más?

—¿Por eso me dificultas que pueda mantener a mi bebé?

—A partir de ahora, ese es mi trabajo.

—¡Bastardo! —dijo ella, con lágrimas en los ojos—. ¿Cómo has podido?

—Muy fácil. Ahora que estás embarazada de mí...

Posó la mirada sobre sus senos hinchados y sobre su vientre ligeramente abultado. Le acarició la mejilla y dijo:

—No tienes derecho a negármelo.

A pesar de estar inundada por un sentimiento de rabia, Ruby se estremeció de deseo al sentir el roce de sus dedos. Por la noche, seguía soñando con Ares, y recordaba su cuerpo desnudo, y su voz ronca en la oscuridad, diciéndole que la deseaba. Y encima, tenía a su bebé creciendo en su interior.

—No lo comprendes —dijo Ruby—. Apenas sobrevivo. Las facturas médicas de mi madre nos han desplumado. Tuve que pedir dinero para su funeral.

–¿Funeral?

–Ruby cerró los ojos.

–Ella murió la noche en la que estuvimos juntos tú y yo. Me enteré cuando ya era demasiado tarde.

–Lo siento –dijo él en voz baja, y colocó la mano sobre su hombro–. Sé que la querías mucho.

Por un momento, Ruby aceptó su consuelo. Después se retiró. No podía permitir que notara cómo la afectaba. Se miraron y Ruby notó que se le aceleraba el corazón. Todo su cuerpo se había alterado con su presencia.

–Para Ivy ha sido todavía más duro –susurró ella–. Es tan joven...

–¿Te ha cuidado bien?

Ruby notó un nudo en la garganta.

–Ivy se ha ido de casa. Se puso furiosa cuando descubrió que yo estaba embarazada. Y todavía más al ver que no te pedí dinero cuando te llamé –soltó una risita–. Dijo que no solo le he robado su sueño, sino que lo he estropeado todo.

–¿Y es así?

–¿El qué?

–¿Le has robado su sueño?

–¿Qué quieres decir?

–¿Te has embarazado a propósito?

–¡Por supuesto que no!

Ares la miró y negó con la cabeza.

–Si fueses otra mujer, quizá me lo planteaba, pero contigo no. Es evidente que no estás entusiasmada.

Ella se cubrió el vientre con las manos.

–Ya quiero al bebé, pero...

–Pero odias que el padre sea yo.

–No te odio exactamente.

–¿No?

–Odio tu egoísmo. Y tu arrogancia. Odio que me

ofrecieras dinero para que abandonara a mi madre antes de morir y así pudiera viajar contigo como si fuera tu juguete sexual.

—Yo no lo vi de esa manera.

—Si lo que querías era verme otra vez después de aquella noche, deberías haberme pedido una cita. No un cheque. Además, cuando me viste disgustada, me dijiste que la muerte de mi madre sería algo positivo.

—Solo trataba de consolarte.

—¡Consolarme!

—Sí —dijo él—. Mi vida ha sido mucho mejor después de la muerte de mis padres.

Ruby se quedó boquiabierta.

—Eso es horrible.

—Lo que es horrible es que sea verdad —se acercó a ella—. Recoge tus cosas.

—¿Para qué?

—Para ir a Nueva York.

—¡No voy a ir a Nueva York!

—Puesto que no confío en que cuides de ti misma, ni en que aceptes mi dinero, te quedarás bajo mi cuidado el resto de tu embarazo —estaba tan cerca que Ruby notó que su cuerpo reaccionaba—. No tienes más elección.

—Te has asegurado de que sea así, ¿verdad? ¡Despidiéndome de mis trabajos a mis espaldas!

—Por tu bien.

—¿Por mi bien?

—¿Por qué te enfrentas a mí, Ruby? —dijo él con impaciencia—. ¿De veras crees que sería mejor pasar el embarazo agotada y sin poder pagar las deudas? ¿Crees que es así como quiero que se críe mi hijo?

—He visto lo que sucede cuando un hombre rico se aburre de sus promesas —susurró ella, negando con la cabeza—. En unos días cambiarás de opinión y me echarás a la calle. No tendré trabajo, ¡ni dinero! ¡Y estaré peor que ahora!

—No me ofendas. Yo os mantendré siempre.

—No voy a ir a Nueva York. Apenas nos conocemos. Y por lo que sabemos, ¡no nos gustamos!

Él esbozó una sonrisa y la miró.

—Hay algunas cosas que nos gustaron bastante.

Ella se estremeció de deseo. Mientras él la miraba con sus ojos oscuros, solo podía recordar la noche maravillosa en la que habían creado un hijo sin quererlo.

¡No! No podía recordarlo. Ni seguir deseándolo.

—Al final de tu embarazo podrás regresar a Star Valley si lo deseas —miró a su alrededor—. Te cederé el chalé de esquí, y recibirás una buena cantidad para mantenerlo. Y todo lo que desees también.

¿Ares pretendía darle su casa de treinta millones de dólares? De pronto, ella se sintió mareada.

—No voy a aceptarlo.

—¿Por qué?

—Porque... —se llevó la mano a la frente—. No hay nada gratis.

—Seamos sinceros, Ruy. Como dijiste, soy frío y egoísta. Hay algunas cosas que no puedo ofrecerte —dijo en voz baja—. Amor. Matrimonio... Y ambos sabemos que no seré un gran padre.

Ruby lo miró.

—¿Cómo lo sabes? ¿Has tenido otros hijos?

Él negó con la cabeza.

—Siempre he tenido cuidado.

—Nosotros tuvimos cuidado —señaló ella.

—Ah —él sonrió—. Si hubiese dejado embarazada a otra mujer, ella habría intentado sacar dinero.

—Yo no intento tal cosa —dijo ella, ofendida.

—Ojalá lo hicieras. Es fácil dar dinero. Al menos, a otras mujeres. No permitiré que continúes ofendién-

dome, preguntando si pienso abandonaros en la pobreza —añadió—. Ahora, ve a vestirte.

El suelo parecía temblar bajo sus pies.

—No voy a ir.

—Tu madre ha muerto, Ruby. Tu hermana se ha ido.
¿Por qué estás tan desesperada por quedarte? ¿O es que
tienes miedo de estar a solas conmigo?

«Aterrorizada», pensó ella, pero alzó la barbilla y
preguntó:

—¿Por qué debería estarlo?

—Puedo pedirle a mi guardaespaldas que te lleve al
coche en brazos si es necesario, pero, de un modo u
otro, me obedecerás —se dio la vuelta—. Pensándolo
bien, no te molestes en recoger. En Nueva York tendrás
ropa nueva esperándote.

Ruby lo miró y se fijó en su pijama rosa.

—¿Qué tiene de malo la ropa que yo tengo?

—Tienes dos minutos —dijo él.

—¿Para qué?

—Para que llame a Georgios y te cargue como un saco
de patatas. Si tus vecinos están despiertos, te aseguro que
les parecerá muy divertido —se volvió hacia la puerta—.
Te espero fuera.

Dos minutos más tarde, Ruby salió vestida con unos
vaqueros cortos y una camiseta de los años ochenta con
un gran arcoíris en la parte delantera. Después de cerrar
el tráiler, se recogió el pelo en una coleta y se echó la
bolsa al hombro.

Ares la esperaba en el Lamborghini, y su guardaespaldas en otro vehículo detrás.

—Te odio —dijo ella, al subir al coche.

—Es por tu bien.

—Dímelo una vez más y puede que te dé una bofetada.

Ares la miró y pisó el acelerador. Mientras atravesaban la ciudad, Ruby bajó la ventanilla y contempló las montañas bajo el cielo estrellado. Al pensar en dejar el valle, sintió una mezcla de nostalgia y miedo. Nueva York. Con Ares Kourakis.

Al llegar al pequeño aeropuerto regional, Ruby vio el avión privado de Kourakis Enterprises.

Varias personas los estaban esperando junto a la escalera del avión. Un nombre con el cabello cano dio un paso adelante con una sonrisa.

—Este es el señor Martin, el guardés del chalé —dijo Ares—. Él y su esposa cuidarán de todo lo que dejas aquí, el remolque y la camioneta. También se ocuparán de pagar las facturas pendientes. Dale tus llaves.

Ruby buscó el llavero y se lo entregó.

—No se preocupe por nada, señorita Prescott. Cuidaremos de todo.

Cuando el guardés se marchó, Ruby se percató de que estaba temblando, y pensando en todo lo que dejaba atrás.

—Quizá sea un error.

—Demasiado tarde.

—He cambiado de opinión...

—No —Ares se acercó a ella—. Sube al avión.

—Tengo miedo —susurró ella.

—Lo sé —le acarició la mejilla y el labio inferior con su dedo pulgar. Se inclinó hacia delante y susurró—: Los dos sabemos que hay asuntos sin terminar entre nosotros.

El roce de sus dedos provocó que una ola de deseo la invadiera por dentro. Por un momento, Ruby se quedó sin respiración.

Entonces, él se volvió.

Ella lo observó mientras subía por las escaleras del avión. No podía dejar de mirar sus anchas espaldas y la manera en que los pantalones resaltaban su trasero.

Ruby se llevó la mano a la frente. ¿Qué había hecho? ¿Por qué se había entregado a un hombre como él? ¿Por qué se había acostado con él?

Ares tenía razón. Por mucho que no quisiera admitirlo, necesitaba su ayuda, pero Nueva York no era su idea. Él la había presionado y chantajeado para que fuera.

Iría, por el bien de su hijo. Pero no volvería a acostarse con Ares. No. El sexo no entraba dentro del trato. Eso se lo dejaría bien claro.

Enderezando los hombros, Ruby alzó la barbilla y lo siguió hasta el avión. Nada más entrar, se quedó boquiabierta. El avión de Ares era pura elegancia. Una auxiliar de vuelo la recibió con una sonrisa.

—Bienvenida a bordo, señorita Prescott. ¿Puedo guardar su bolsa?

—No —dijo Ruby, agarrando su bolsa de colores. Ares le había dicho que no recogiera nada, así que solo había llevado la cartera con cinco dólares y veintidós céntimos, el teléfono y el cargador. También una caja de fotos familiares, y una sudadera fucsia de Star Valley por si tenía frío en el avión.

—Por supuesto —contestó la mujer rubia con una sonrisa, antes de ofrecerle una copa sobre una bandeja de plata—. ¿Le apetece un poco de agua con gas, señorita Prescott? ¿O algo más?

—Esto es maravilloso, gracias —dijo Ruby, y agarró la copa. Se volvió para mirar a un hombre de cabello oscuro que acababa de subir al avión.

—Este es Georgios, mi guardaespaldas —comentó Ares, que se había sentado en una mesa cercana y había abierto el ordenador.

—Hola —dijo el hombre con una sonrisa.

—Hola —contestó ella. Después miró a Ares—. ¿Para qué necesitas un guardaespaldas?

Él se encogió de hombros.

—Hace que la vida sea más fácil.

—En realidad soy su asistente para todo –dijo Georgios–. Por favor, dígamelo si necesita algo, señorita. Ahora disculpe, tengo que llamar a mi esposa –hizo una pequeña reverencia y desapareció a otro compartimento del avión.

—Y yo estoy aquí para que esté lo más cómoda posible –dijo la auxiliar de vuelo–. ¡Dígame si necesita cualquier cosa y lo conseguiré!

—En ese caso, tomaré langosta *thermidor* con arándanos frescos, por favor –dijo Ruby resoplando por la nariz, como con ironía.

La azafata sonrió como si fuera el momento más feliz de su vida.

—¡Por supuesto! ¿Quiere que empiece a prepararla ahora mismo?

Ruby se quedó boquiabierta. No tenía ni idea de cómo sabía la langosta *thermidor.*

—Estaba bromeando.

—Nunca bromees con los empleados –comentó Ares. Miró a la auxiliar y le dijo–: Gracias, Michelle. Puedes retirarte.

—Sí, señor.

Con una sonrisa, la auxiliar desapareció.

—¿Hablaba en serio? –preguntó Ruby con una sonrisa.

Ares se acomodó en la butaca de cuero y la miró:

—Creo que no te das cuenta de cómo ha cambiado tu vida.

Ruby se sintió como si él fuera capaz de adentrarse en su alma, de ver aquella parte de su corazón que ella no quería que viera. La parte con la que había pasado meses soñando con Ares. Se volvió y dio un sorbo de agua, evitando mirarlo a los ojos.

–¿Por qué? ¿Porque eres muy rico?

–Porque llevas a mi hijo en el vientre –contestó él–. Vivirás como yo vivo. Una vida de lujo y comodidad. Nada de más empleos mal pagados. A partir de ahora no tendrás que obedecer a nadie –dijo él–. Excepto a mí.

Ella se volvió tratando de disimular su reacción.

–Estoy embarazada de ti, sí. Y admito que hay cierta atracción entre nosotros, pero que quede clara una cosa, Ares. No te pertenezco. Permitiré que nos mantengas, porque no me has dejado otra opción, pero eso no significa que me hayas comprado. No voy a acostarme contigo.

Se sentía orgullosa de lo calmada que hablaba.

Él arqueó las cejas y dijo:

–Eso ya lo he oído antes.

Ruby se sonrojó al recordar lo que le había dicho en el Atlas Club, justo antes de meterse en su cama. Se cruzó de brazos y comentó:

–He aprendido las consecuencias de ser imprudente.

Ares se puso en pie y la tomó entre sus brazos.

–Durante toda tu vida has estado cuidando de los demás. Tu madre. Tu hermana. Eso se ha acabado. No tienes que luchar más. Ahora yo cuidaré de ti. Y del bebé. Los dos estaréis a salvo. Ya puedes descansar.

Acurrucada entre sus brazos, Ruby sintió que las lágrimas inundaban sus ojos. Llevaba toda la vida deseando escuchar esas palabras. Ni siquiera su madre, que tanto la quería, había sido capaz de decírselas. Su madre siempre había necesitado la ayuda de Ruby para cuidar de Ivy, y que la familia pudiera sobrevivir.

«Ahora yo cuidaré de ti».

Él deseo de dejarse llevar, de permitir que otra persona se pusiera al mando, era casi irresistible.

Ares quería mantenerlos. Había ido hasta allí a buscarla, y eso hacía que fuera diferente a su padre, y al de Ivy. También era diferente de Braden.

Ares había dejado claro que al bebé no le faltaría nada.

De todos modos, Ruby no podía engañarse pensando que era el tipo de hombre fiel a una mujer. Él lo había dicho: no creía en el amor o en el matrimonio. Tampoco quería intentar ser un padre de verdad. Dinero era todo lo que podía ofrecerle.

Muy bien. Ruby decidió que permitiría que le diera dinero, pero jamás pensaría que él podría ofrecerle algo más.

Cuando naciera el bebé, o antes, él ya se habría cansado de ella y la devolvería a Star Valley. Lo había dejado muy claro. Solo podía ofrecerle dinero.

Ares comenzó a acariciarle los brazos y Ruby no pudo separarse de él.

«Ahora yo cuidaré de ti».

Desde la muerte de Bonnie, Ruby había luchado en silencio, sin poder recurrir a nadie. Había avanzado sola en su embarazo, y también había pagado las facturas. Incluso su hermana le había dado la espalda. Ruby no recordaba lo que era bajar la guardia

–Tranquila –murmuró Ares, y Ruby se dio cuenta de que estaba llorando de verdad. Él la consolaba, besándole la frente y las mejillas–. Tranquila. Ahora estás a salvo. Yo cuidaré de ti y del bebé. Me ocuparé de todo.

Ares era muy fuerte y poderoso. Ruby cerró los ojos y apoyó la mejilla contra su torso. Sintió las caricias de su mano sobre la espalda. Dejó de temblar y de gimotear. El único sonido que se oía era el ruido del motor del avión.

Entonces, levantó la vista y sus miradas se encontraron. Ella sintió algo muy diferente al consuelo: la chispa del deseo. Ares posó la mirada sobre sus labios y una corriente eléctrica se creó entre ellos.

–Señor Kourakis, estamos listos para despegar –el

piloto habló por el intercomunicador–. Quizá prefieran sentarse.

Ruby se separó de Ares y corrió hasta el asiento. Tenía las mejillas sonrojadas. Miró por la ventanilla, y confió en que Ares no se sentara a su lado.

No lo hizo. Se sentó en su butaca sin decir palabra. El avión comenzó a moverse cada vez más deprisa. Ruby se fijó en los edificios, los prados y los pinares que dejaba atrás, junto con el dolor por la pérdida de su madre, las deudas, el agotamiento y el miedo. Ruby lo estaba dejando todo atrás.

El avión se elevó en el aire y se adentró en el cielo azul de Idaho.

Capítulo 6

NO PUEDO creer que estoy aquí –dijo Ruby. Cuando el Rolls-Royce atravesó el puente de George Washington, Ruby puso cara de asombro y miró la ciudad de Nueva York con emoción. Ares disfrutó al verla. Su intención era hacerla disfrutar todavía más.

Estaban sentados muy cerca en la parte trasera del coche, pero sus cuerpos no se tocaban. Ares recordaba cómo Ruby había temblado entre sus brazos antes de que el avión despegara de Star Valley, cómo lo había mirado con los ojos llenos de lágrimas y los labios entreabiertos, a modo de invitación inconsciente. Si no hubiese sido por la interrupción del piloto, él la habría besado allí mismo y la habría llevado al dormitorio para poseerla a treinta mil pies de altura, pero ella se había retirado furiosa y se había puesto a mirar por la ventana. En cuanto el avión se estabilizó, Ruby se dirigió al dormitorio que había en la parte trasera del avión, diciendo que estaba cansada.

No obstante, él sabía muy bien qué le pasaba. Tenía miedo.

–¡Es precioso! –dijo Ruby mientras viajaban hacia el sur atravesando la ciudad.

–¿A que sí? –él sonrió. Incluso la ciudad de Nueva York parecía implicada en su plan de seducción. El sol de la mañana iluminaba las aguas del río Hudson, y sus

rayos atravesaban las nubes dándoles un tono rosado.
No podía haberlo planeado mejor.

Ruby se volvió hacia él.

—¿Cuánto tiempo has vivido aquí?

—Primero visité la ciudad a los doce años, después
mis padres me enviaron a un internado en Connecticut,
así que visité la ciudad con el colegio. Reaccionaba
igual que tú. Estaba impresionado por la energía de
Nueva York. Me mudé a los veintidós, después de que
muriera mi padre. Heredé la empresa y trasladé las
oficinas desde Atenas.

—¿Trasladaste toda la empresa?

—Quería un cambio. Iba a anunciar el principio de
una nueva era para Kourakis Enterprises.

—Pero Atenas también es una gran ciudad...

—Yo necesitaba un cambio —dijo él, con brusquedad.

Era como si un escudo se hubiera colocado sobre
sus ojos.

Sin una palabra de disculpa, Ares se volvió. No podía explicarlo. Después de su desastrosa relación con la
chica francesa que desapareció cuando su padre lo decidió, había decidido que no volvería a sentir amor. Eso
duró hasta que, durante el último año de Princeton, se
enamoró de una chica griega. La hija de un carnicero
de Pláka. Disantha era joven, casta y honesta. Él respe-
taba su decisión de esperar hasta el matrimonio para
entregar su virginidad porque había deseado hacer lo
mismo durante una época. Él pensaba proponerle matrimonio, incluso aunque sus padres lo desheredaran.

Entonces, su padre murió de repente, y Ares tuvo
que regresar a Atenas. Al llegar a la casa familiar de
Disantha la encontró entre los brazos del aprendiz de
carnicero.

—¿Qué esperabas, que iba a mantener mi virginidad
para siempre? —le preguntó ella—. No te he visto desde

hace meses. Necesitaba amor. No podía esperar una eternidad a que me propusieras matrimonio, ¡por muy rico que seas!

Fue entonces cuando Ares se percató de que su padre tenía razón sobre el amor. No podía permitirse ser vulnerable y debía bloquear sus emociones. Ares miró a Ruby. Ella miraba a un lado y a otro, como una niña asombrada por el paisaje.

Finalmente, señaló un gran edificio de piedra.

—¿Qué es eso?

—El museo de Historia Natural.

—¿El sitio donde hay esqueletos de dinosaurios enormes? Como el de la película *Noche en el museo*.

—Sí.

—De adolescente me encantaba esa película. ¡Y mira esos árboles! —se inclinó hacia adelante y sonrió—. No pensaba que hubiera árboles en Nueva York.

Su inocencia lo emocionó.

—Espera a ver.

Desde el momento en que la vio por primera vez en el Atlas Club supo que Ruby era diferente. Sincera, un poco demasiado sincera en ocasiones. Amable. Inocente.

Aunque ya había pensado lo mismo acerca de una mujer anteriormente. Ares dejó de sonreír.

Tendría que tener cuidado.

Ruby también había provocado que cambiara. Había hecho que bajara la guardia, y conseguido que él deseara confiar en ella.

Aunque cada vez que había confiado en alguien, lo habían traicionado.

No podía interesarse por Ruby. Era imposible. La obligaría a aceptar su dinero, y la seduciría y disfrutaría de ella en la cama. Nada más. Todo lo demás lo había rechazado hace tiempo.

Un taxi amarillo les cortó el paso, obligando a Horace, el chófer, a cambiar de carril.

–¿Cómo puedes conducir con este tráfico? ¡Eres impresionante! –le dijo Ruby, inclinándose hacia delante.

Incluso Horace no pudo evitar enorgullecerse al oír las palabras de Ruby. Hasta que vio la expresión de su jefe por el retrovisor y tosió.

–Estoy acostumbrado, señorita Prescott. Debería ver cómo conduce el señor Kourakis. Podría competir en el Grand Prix.

–¿De veras? –ella se volvió hacia Ares–. Entonces ¿por qué no conduces tú?

–Tengo mucho trabajo que hacer.

–Ah, ya. Tu trabajo superimportante dirigiendo tu superimportante empresa.

Él percibió sarcasmo en su voz.

–Mi empresa emplea a cien mil personas.

–Ah –dijo ella, sin más.

–¿Ah?

Ella murmuró algo.

–¿Qué has dicho?

–He dicho, supongo que tu empresa sí es algo importante.

–Gracias. Este año ha sido el más rentable para Kourakis Enterprises.

–Me alegro. Por el bien de tus empleados, quiero decir.

–Deberías alegrarte por nuestro hijo, porque ¿quién crees que la va a heredar cuando yo muera?

–Pero...

–¿Pensabas que Nueva York no tenía árboles? –cambió de tema a propósito y bajó la ventanilla al ver que estaban acercándose a Central Park–. Mira esto.

Ruby respiró hondo y miró los árboles que bordeaban el camino por el que iban. Pasaron por debajo de varios puentes de piedra, todos ellos cubiertos de vegetación.

–Es como un bosque.

–Desde aquí no lo puedes ver, pero en Central Park también hay lagos, y una enorme pradera con veintiséis campos de béisbol.

–¿Veintiséis?

–Y un gran anfiteatro –sonrió–. También hay un castillo.

–¡Bromeas!

–Es cierto.

–No es posible que este parque tenga su propio castillo.

–Star Valley no es el único lugar bonito del mundo –dijo él.

Después, condujeron por el Upper East Side hasta que el chófer aparcó frente a una mansión de seis pisos y cien años de antigüedad. Georgios bajó primero para abrirle la puerta a Ruby.

–Gracias –dijo ella, sonriendo cuando el hombre le dio la mano.

Ares apretó los dientes. Confiaba en su guardaespaldas plenamente, pero no le gustaba ver a otro hombre tocando a Ruby, ni siquiera para ayudarla a salir del coche. Ares no recordaba la última vez que se había sentido tan posesivo.

Creía que nunca.

–Gracias, Georgios –le dijo Ares con frialdad, antes de agarrar la mano de Ruby y colocarla sobre su brazo–. Ya me ocupo yo.

Ruby miró la elegante mansión.

–¿Es tuya?

–Sí.

–¿Toda?

–Solo me gusta lo mejor –la acompañó por los escalones hasta donde los esperaba el ama de llaves.

–Bienvenido a casa, señor –los recibió la señora Ford. Era una mujer delgada que podía tener entre cincuenta y ochenta años. Tenía impecables referencias, y en la primera entrevista dejó claro que, si ella elegía trabajar con él, sería ella la que estaría haciéndole un favor. A él le había gustado sus maneras distantes, así que la contrató. Eso había sido hacía ocho años.

–Buenas noches, señora Ford. Ruby, esta es mi ama de llaves, Margaret Ford.

–Encantada de conocerla, señorita Prescott. Bienvenida –dijo el ama de llaves.

–Encantada de conocerla –contestó Ruby.

–Confío en que todo está preparado.

La señora Ford sujetó la puerta.

–Por supuesto, señor.

Sin soltarle el brazo, Ares hizo pasar a Ruby.

Ella se quedó sin respiración al ver la enorme lámpara de araña del recibidor.

–Y yo que pensaba que el chalé de Star Valley era muy bonito.

–¿Eso? Eso es solo un lugar donde ir a esquiar los fines de semana.

Él solo estaba medio bromeando. Cuando salieron del recibidor, ella se fijó en la doble escalera de dos plantas de alta y soltó una carcajada de asombro.

–Tengo miedo. Igual me pierdo buscando mi dormitorio. ¿Tienes un mapa? ¿Puedo buscar alguna referencia en el teléfono?

–Te la enseñaré.

–Gracias. Temo desaparecer por algún pasillo y no encontrar el camino de vuelta.

–No permitiría que eso sucediera –Ares sabía que iba a impresionarla con la casa. Les pasaba a todas las mujeres. Normalmente el recorrido terminaba en su cama, sin que fuera necesaria ningún otro tipo de seducción. Sospechaba que con Ruby tendría que esforzarse más, pero sabía que aquella mansión sería un buen comienzo.

La llevó hasta el gran salón de baile, la mejor habitación de la mansión.

—La casa se construyó a principios del siglo pasado —señaló las lámparas del techo—. Esas las hicieron a mano en Viena, en el año 1902. Este salón es la única estancia que no he cambiado. Se considera una obra de arte.

Al ver el fresco que había en el techo, Ruby frunció el ceño.

—¿Para qué diablos es esto?

—¿El qué?

—El salón de baile. Debe costarte una fortuna mantenerlo frío en verano y caliente en invierno. Podrías meter tres casas aquí. ¿Para qué lo usas?

—Para hacer fiestas.

—¿Das muchas fiestas?

—Unas cuantas.

—¿Reuniones de cumpleaños?

—Galas benéficas. Actos de negocios.

—Ah —puso una media sonrisa—. Muy divertido.

—Lo es —mintió él, sorprendido al ver que ella no parecía muy impresionada. Al oír que bostezaba, se fijó en que tenía ojeras—. No te preocupes —le dijo—. Hay más.

La guio hasta el comedor con chimenea de mármol blanco. En el centro había una gran mesa para dieciocho personas.

—¿Desayunas aquí?

Él suspiró.

–Vamos –le dijo algo molesto. Continuaron hasta la cocina y le mostró el jardín trasero–. La señora Ford cultiva hierbas aromáticas, verduras y flores. Las usa en la cocina.

–¿De veras? Qué inteligente. No me lo puedo ni imaginar. Te dije que no soy gran cocinera. Solo preparo pasta.

–Yo, sándwiches –sonrió él–. Hacemos buena pareja.

–La pasta es más difícil. Hay que hervir el agua. Así que soy mejor cocinera que tú.

Ares dio un paso hacia ella.

–No lo sé. Parecía que mi sándwich estaba delicioso.

Oyó que ella suspiraba y se sonrojaba. Era evidente que también estaba recordando la noche que pasaron juntos.

Ruby se aclaró la garganta.

–Um... Bueno... ¿Y qué más?

Ares contuvo una sonrisa. Le agarró la mano y la llevó hasta la segunda planta por la escalera. Allí se encontraba la biblioteca, la sala de billar, su despacho y el solárium, que tenía un gran ventanal con vistas al jardín. Ruby parecía más asombrada que impresionada.

–¿Te quedaste sin dinero antes de poder comprar los muebles?

–¿Qué quieres decir?

–Las habitaciones están muy vacías.

Ares miró a su alrededor.

–Es un estilo.

–¿Un estilo?

–Pedí que lo creara para mí uno de los mejores diseñadores de Nueva York. Austero y moderno, de líneas sencillas y con mucho espacio. El espacio es lo que me importa.

–El espacio significa que no hay nada. ¿Cómo de grande es la casa?

–Tiene seis plantas, un sótano y una azotea. Diez dormitorios y doce baños.

–¿Todos para ti?

–La señora Ford vive en la cuarta planta. Tengo tres empleados que también trabajan aquí, pero viven fuera.

Ella miró hacia el solario.

–Es como un hotel. Un hotel muy elegante y vacío.

Él nunca había visto a una mujer tan poco entusiasmada con su casa.

–Todavía no has visto la vinoteca y el salón de actos. El gimnasio tiene pesas y sala de yoga, y hay un ático con piscina y...

–Por favor, enséñame dónde está mi dormitorio. Me encantaría darme una ducha y, quizá, dormir una siesta.

Ares miró a Ruby y se fijó en las ojeras que rodeaban sus bonitos ojos marrones. Tenía las mejillas pálidas.

–¿No dormiste bien en el avión?

–No mucho.

–Como desees –dijo él. La llevó hasta el ascensor y apretó el botón para subir a la sexta planta. Una vez en el pasillo, abrió la primera puerta a la izquierda. Entraron en un dormitorio enorme, vacío, excepto por una gran cama con dosel.

–Este es el mío –dijo él.

–No pensarás que...

–No. Solo quería que supieras dónde estaré. El tuyo es el de al lado –la llevó hasta allí–. Este.

La habitación tenía vistas a la ciudad. La decoración era austera, igual que la del resto de la casa. En el centro había una cama con dosel, cubierta con una colcha blanca.

Ruby miró a su alrededor.

–Aquí tienes tu propio baño –dijo él, abriendo una

puerta –. Tiene todo lo que pudieras necesitar. Incluso una burbuja aromática, por si te apetece poner en la bañera.

Ruby miró hacia el suelo oscuro.

–¿Qué te pasa?

Ruby lo miró.

–Acabo de darme cuenta de qué es lo que me molesta de este sitio.

–¿De mi casa?

–Sí. Esta mansión, no solo está vacía, sino que es muy fría. Y no me refiero a la temperatura. Aparte de en el salón de baile, no hay color. Todo es blanco y negro.

–Son mis colores favoritos.

–Eso no son colores. Tengo más color en mi cuerpo que tú en toda la casa.

Ares la miró. Era cierto. Ruby llevaba la misma ropa que cuando salió de Star Valley, con un arcoíris en la camiseta, unos pantalones cortos morados y unas zapatillas con flores bordadas.

Él miró el traje que llevaba puesto. Camisa negra, pantalones negros. Calcetines y zapatos negros.

–Así que odias mi casa –dijo él.

–Um, supongo que sí –sonrió a modo de disculpa–. Lo siento.

–Está bien –Ares se acercó a la puerta del vestidor–. A lo mejor esto te gusta.

Ella se acercó al vestidor con curiosidad. Había cuatro paredes llenas de ropa, bolsos y zapatos, y una isla central para lencería y accesorios.

Ruby miró a su alrededor.

–¿Qué es todo esto?

–Te dije que te pediría ropa nueva –dijo él. Al menos, ella parecía impresionada por algo.

–Este vestidor es más grande que mi dormitorio y el de Ivy juntos –dijo ella.

–Hay ropa de premamá de las mejores tiendas de la ciudad –Ares se acercó a una pared–. Tienes diez bolsos diferentes para cada ocasión. Este en particular es de Hermès. Mi secretaria me dijo que la princesa Grace usaba un bolso como este para disimular su embarazo ante los fotógrafos –sonrió él, volviéndose hacia Ruby–. Así que te he comprado cinco...

Ruby no parecía contenta con tanta extravagancia. No había tocado nada, ni la ropa, ni los bolsos, ni los zapatos. Solo se había quedado quieta, con una expresión extraña.

–¿No te gusta? –preguntó él.

–La ropa... Es como tu casa. Sin colores. Blanca y negra.

–No es cierto. También hay gris, ¡y beis!

–Beis –ella se estremeció–. ¿Y cuánto te ha costado?

–¿Cuánto me ha costado?

–Sí. ¿Bastante como para comprar mi remolque? ¿Bastante como para mandar a Ivy un año a la universidad? ¿O para pagar los gastos médicos del nacimiento de nuestro hijo? O para tener guardado, por si pasa algo...

En lugar de parecer contenta, Ruby parecía a punto de llorar.

Ares miró el vestidor que su secretaria había preparado para ella. Dorothy había pasado mucho tiempo organizándolo la noche anterior, y él pensaba que a Ruby le iba a encantar. Que la ayudaría a sentirse cómoda en la ciudad, y que incluso a lo mejor contribuía en su plan de seducirla.

Ella se lo había echado todo en cara.

Una extraña sensación lo invadió por dentro. Algo que no quería definir. Algo que no se había permitido sentir en mucho tiempo.

Entonces, negó con la cabeza. Por supuesto que Ruby no iba a permitir que se gastara el dinero en ella. Y menos en algo ostentoso como aquello.

No debía olvidar que lo que le había funcionado con otras mujeres no funcionaría con Ruby. Soltó una risita.

—¿Qué te parece tan divertido?

—Lo devolveré todo —se acercó a ella y la tomó entre sus brazos—. Y a Ivy le pagaré la universidad. Por lo demás, ¿todavía no te ha quedado claro que no tendrás que preocuparte por el dinero nunca más?

—Pero...

—En serio, Ruby. Me ofende tu preocupación. Yo te daré todo lo que necesites.

Ella lo miró y murmuró.

—Vale.

Tras respirar hondo, Ares añadió:

—Te he concertado una cita con el mejor ginecólogo de la ciudad para esta tarde.

—¿Sí?

—Si quieres ir. Si no, puedo cambiarla.

—¿A qué hora?

—Tendríamos que marcharnos a la una y media.

—Me parece bien.

—Entonces, te dejaré que descanses —señaló el intercomunicador—. Si tienes hambre o necesitas algo, aprieta el botón y la señora Ford te atenderá. ¿Te apetece comer conmigo al mediodía?

Ella sonrió.

—¿En el comedor formal?

—Inténtalo. A lo mejor te gusta.

Ella se mordió el labio inferior y él deseó tomarla entre sus brazos para besarla. Y más. Llevaba mucho tiempo deseándola. Y al tenerla en su casa, a su lado en el dormitorio, la deseaba tanto que le temblaba el cuerpo. La cama estaba allí mismo.

–Está bien –dijo ella–. Comeremos juntos.

Ares necesitó mucha fuerza de voluntad para salir de la habitación y cerrar la puerta. Por un momento, se quedó en el pasillo, mirando la puerta. Después se obligó a marcharse. Esperaba que Ruby disfrutara del baño de burbujas.

Él necesitaba darse una ducha bien fría.

Al mediodía, Ruby se dirigió hacia el comedor. Después de haber pasado la noche inquieta en el avión privado, con montones de sueños que consiguieron dejarla temblando de deseo, se había dado un baño relajante y se había dormido una siesta. Al despertar, eligió un vestido negro del armario y un conjunto de ropa interior de encaje. Llegaba tarde, y ni siquiera era capaz de encontrar el comedor en aquella odiosa mansión que tenía todos los pasillos iguales.

–Ruby –oyó que la llamaban.

Aliviada, se volvió y vio a Ares sentado en la gran mesa. Ella entró en el comedor y suspiró.

–Siento llegar tarde.

Ares dejó el periódico con una sonrisa.

–Espero que hayas descansado.

–Sí, gracias.

Ares se acercó hasta una mesa auxiliar y dijo:

–Suponía que preferirías servirte en lugar de que nos atendiera la señora Ford.

Ruby se animó al ver el bufé que habían preparado. Huevos, beicon, fruta, patatas fritas, pollo asado, verduras, pan recién hecho y pasta a la carbonara.

–¿Desayuno y comida?

–No estaba seguro de qué te apetecería, así que pedí un poco de todo. ¿Te gusta?

–¡Es como un sueño! –exclamó, pero al agarrar el

plato no pudo evitar sentirse culpable–. No necesito tanto. ¿Qué pasará con toda la comida que sobra?

–¿Qué quieres decir?

–No irá a la basura, ¿verdad? –se mordió el labio y recordó cómo su familia se había esforzado para poder comer–. Alguien se la comerá, ¿verdad?

–Siempre ofrezco lo que sobra a los empleados. La señora Ford es una excelente cocinera, así que, seguro que no queda nada. Y le diré a Dorothy que lo que sobre lo done inmediatamente al banco de comida local.

Ruby lo miró con una sonrisa y se llenó el plato.

–¡Gracias! ¡Es impresionante!

Él sonrió.

–Me alegro de que te guste.

Ella se sonrojó y notó que su cuerpo reaccionaba. Se centró en la comida.

–La señora Ford cocina de verdad –comentó.

–Desde luego –repuso Ares.

–Mmm –pronunció ella. Se sentía como si no hubiera comido en años–. Me he comido todo –comentó momentos después, asombrada.

–Sírvete más. Come lo que quieras –posó la mirada sobre sus manos, sus senos y finalmente sus ojos–. Cómete todo.

La miró fijamente, deseando tirar todos los platos al suelo, romperle el vestido, tumbarla en la mesa y explorar cada rincón de su cuerpo.

Se oyó un ruido fuerte y ella se percató de que había dejado caer el tenedor al suelo.

Temblando, respiró hondo y lo recogió. Había cometido un error al sentarse a su lado. Estaban demasiado cerca. Se fijó en sus antebrazos cubiertos de vello oscuro. Sus muslos poderosos estaban a pocos centímetros de los suyos.

Ruby se apoyó en la mesa para levantarse.

–Vamos a llegar tarde.

–La doctora Green nos esperará.

–Dijiste que era la mejor ginecóloga de la ciudad. No la haremos esperar.

–Lo hará, puesto que a cambio de que cuide de ti, le he ofrecido financiar su fundación benéfica durante dos años.

–Oh –dijo Ruby, asombrada–. Aun así, esa no es excusa para hacerla esperar.

Mirando el reloj, Ares dijo:

–Tienes razón –se levantó de la mesa–. Le pediré a Horace que traiga el coche.

Colocó la mano sobre la espalda de Ruby y la acompañó fuera del comedor. Temblando, ella se retiró una pizca, y trató de actuar como si no le quemara la piel cuando él la tocaba.

Capítulo 7

EL BEBÉ parece sano. El embarazo progresa adecuadamente –la ginecóloga los miró con una sonrisa–. ¿Quieren saber si es niño o niña?

–¡Sí! –exclamó Ruby.

Al mismo tiempo, Ares contestó:

–No.

La doctora mantuvo el ultrasonido sobre el vientre de Ruby.

–¿Y bien?

–Por supuesto que queremos saberlo –Ruby miró a Ares con el ceño fruncido–. ¿Por qué no íbamos a querer?

Ares la miró. Se sentía un poco mareado. No había imaginado que acompañarla al médico pudiera ser tan difícil. Estaba muy tenso, y ni siquiera era el paciente. Lo único que había hecho era estar junto a Ruby y aprender sobre el embarazo.

No quería saber si era niño o niña. Ya había tenido bastante con oír su corazón. Latía tan deprisa. Y parecía tan real. No quería que el bebé fuera real. Y menos cuando sabía que la única relación que mantendría con él sería económica.

–Quiero saber si es niño o niña –dijo Ruby.

–Yo prefiero que sea sorpresa.

–¿Y qué tal si la doctora solo me lo dice a mí? Guardaré el secreto, lo prometo.

La doctora sonrió.

–Les dejaré que hablen a solas.

Cuando la doctora se puso en pie, Ares supo que no quería quedarse a solas con Ruby.

–Está bien, como tú quieras.

Ruby sonrió emocionada.

–¿De veras?

–Tarde o temprano tendré que enterarme –miro a la doctora Green–. Adelante.

La doctora hizo una pausa y los miró.

–Muy bien –se sentó frente a la pantalla y comenzó a señalar algunas formas y sombras–. Enhorabuena. Es una niña.

Una niña.

Al oír las palabras, Ares imaginó a una niña con los mismos ojos que su madre. Con un gran corazón. Pequeña, delicada. Tendría que protegerla, igual que había protegido a su madre. Le enseñaría a ser fuerte. A luchar. Y sobre todo a liderar. Sería necesario para cuando heredara su empresa y...

Ares cortó su pensamiento. ¿Pensaba que podía enseñarle algo a su hija? ¿Creía que tenía el carácter y la experiencia para ser un buen padre?

«Vaya broma», se burló de sí mismo.

Cuando la doctora se marchó, Ruby comenzó a cambiarse de ropa. Ares salió de la consulta y corrió por el pasillo hasta la calle.

Una vez fuera, respiró hondo, se inclinó hacia delante y apoyó las manos sobre las rodillas. La gente lo miraba. Él se sentía mareado.

Ares había pensado que después de ir al médico se sentiría con más control sobre su futuro. Estaba acostumbrado a estar a cargo de todo. A ordenar a todo el mundo, aunque no trabajaran para él.

No obstante, aquello no podía controlarlo. Ruby había concebido a su hija, y cuando naciera, ella regresaría a Star Valley y él solo la vería ocasionalmente. No le enseñaría nada a su hija. No la protegería, excepto económicamente. Su hija crecería pensando que Ares era una figura lejana que pagaba las facturas. Ruby se enamoraría de otro hombre y se casaría. Ese hombre, terminaría siendo el verdadero padre de su hija. Y el marido de Ruby.

La idea hacía que se encontrara mal. No podía evitarlo. Él no sería un buen marido ni un buen padre. Eso implicaba cualidades que él no tenía, como la capacidad de amar, y de anteponer las necesidades de su esposa y de su hija a las suyas.

«Es lo mejor. Olvídalo. No importa», se dijo en silencio.

Ruby lo alcanzó en la acera, justo cuando estaba saludando a Horace, que había aparcado el Rolls Royce para esperarlos.

–¿Dónde está el fuego? –preguntó dolida–. ¿Por qué te has ido tan rápido?

–¿Me he ido rápido?

–Tuve que esperar a que me hicieran la receta para las vitaminas y para pedir cita. No sabía cuándo podrías acompañarme, así que...

–La próxima vez vienes sola –abrió la puerta del coche–. Sube.

–¿No quieres venir a las citas del médico? –preguntó ella, mientras se subía al vehículo.

–Tengo una empresa que gestionar –se subió a su lado y le dio a Horace una dirección–. Voy a llevarte de compras. La ropa no te gustó, así que te compraré ropa nueva. Además, necesitas un vestido de fiesta y joyas. ¿Un collar de diamantes? ¿Una diadema de princesa?

Como se temía, no era tan sencillo distraer a Ruby.

–¿Por qué estás tan raro? –preguntó ella.

–No estoy raro.

—¿Qué ocurre?

—Nada.

—¿Te has disgustado porque es una niña?

—Eso es lo más ridículo que me has dicho nunca.

—Entonces, ¿por qué?

—Quiero que el bebé lleve mi apellido. Aunque no estemos casados. ¿Te parece bien?

—¿Por qué?

—¿Es tan raro que un bebé lleve el nombre de su padre?

—No –dijo ella–. Supongo que no, pero será un lío a la hora de rellenar documentos. Mi apellido será diferente al de ella. A Ivy y a mí nos gustaba tener el mismo apellido de mi madre. Así los extraños también sabían que éramos familia.

—Yo no tengo familia. Soy el último de los Kourakis.

Se hizo un silencio. Ruby sonrió y dijo:

—Por supuesto que puede llevar tu apellido. Muchas familias tienen apellidos distintos, ¿no?

—Gracias.

Ella miró por la ventana y murmuró:

—Cuanta gente.

—Turistas.

—Me encantaría ser turista. Ver la Estatua de la Libertad, Times Square y esas cosas.

—¿Bromeas?

—No. Puede que tú hayas vivido aquí muchos años, pero yo no. Y después tendré que regresar a Star Valley. No sé si regresaré alguna vez.

—Esquivar a la multitud en Times Square, un húmedo día de agosto es un infierno.

—Supongo que podemos esperar a que mejore el tiempo. El bebé no nacerá hasta Navidad.

—Navidad es mucho peor. Hay Santa Claus por todos sitios tocando la campana y pidiendo donativos.

–¿Y en octubre?

Ares no dijo nada. Ella lo miró fijamente.

–¿Qué?

–Estoy esperando a que me digas qué es lo que odias de Nueva York en octubre.

Ares se percató de que Ruby sentía curiosidad, y trataba de comprender por qué estaba de mal humor. Eso le parecía lo peor.

Se aclaró la garganta y cambió de tema.

–No me has preguntado por qué necesitas un vestido de fiesta.

–¿Por qué necesito un vestido de fiesta? –sonrió ella–. ¿No me digas que vas a usar tu salón de baile?

Él negó con la cabeza.

–Mañana por la noche asistiremos a un baile benéfico.

–¿Los dos?

–Es un gran evento. He reservado una mesa. Mi exnovia me ha acorralado. Creo que tiene miedo de que no vayan famosos adinerados.

–¿Quieres que yo vaya a un gran evento que organiza tu ex? –Ruby lo miró horrorizada.

–¿Algún problema?

–Sí

–Sé que ese tipo de eventos pueden ser muy aburridos...

–¡Aburrido no es exactamente lo que estaba pensando!

–Pensé que, si te llevaba a comprar un vestido de fiesta y unas joyas extravagantes, te resultaría más emocionante.

–¿Intentas sobornarme?

–Si quieres llamarlo así. Podría haber encargado el vestido, pero pensé que preferirías elegirlo.

Ruby se cruzó de brazos.

–No necesito un vestido de fiesta. Ni joyas.

Él pestañeó.

–¿No quieres joyas?

–Me avergonzaría llevando algo tan caro cuando los diamantes falsos tienen el mismo efecto. Sobre todo, cuando hay tanta gente necesitada...

–Es un baile benéfico para niños. Todo lo que se recaude irá para ellos.

–¿A qué se dedica la organización?

Ares tenía que haber escuchado a Dorothy cuando ella se lo explicó.

–A cosas buenas. Ayuda... Ayuda a niños con necesidades. ¿No vas a darles la espalda a esos niños? ¿Verdad?

–Supongo que no, pero no necesito un vestido de fiesta caro. Eso sería una pérdida de dinero. Por favor, dona el dinero que te habrías gastado en el vestido directamente a la organización benéfica.

Ares se sentía perdido.

–Entonces, ¿qué vas a ponerte mañana? ¿Piensas ir desnuda?

–Vaya. Supongo que no puedo ir –dijo Ruby–. Al menos, ayudaré a los niños con el dinero del vestido.

Ares no tenía intención de ir a la gala solo. Sabía que el glamour de la velada sería demasiado como para que una mujer pudiera resistirse. Incluida Ruby.

–Tengo una idea mejor –Ares sacó su teléfono.

Veinte minutos más tarde, el coche se metió en una pequeña calle de Meatpacking District, no muy lejos de High Line.

–¿Dónde vamos? –preguntó Ruby por tercera vez.

–Es una sorpresa –repuso él.

–Odio las sorpresas.

–¿Por qué?

–Nunca son pasteles de chocolate o décimos de lotería con premio. Siempre son cosas como facturas inesperadas, o que se ha roto el coche, o que te caes en el hielo y te rompes una pierna. Las sorpresas son lo peor.

–Espera y verás.

El coche se detuvo y Horacio abrió la puerta. Estaban enfrente de un gran almacén. Las paredes de cemento estaban cubiertas de viejos carteles de publicidad.

–¿Qué es esto?

Ares confiaba en que aquello funcionara. La agarró de la mano y la hizo entrar.

El interior estaba lleno de luz y de color. Los techos eran muy altos y el espacio estaba ocupado por percheros llenos de ropa vintage. Ruby se quedó asombrada, y miraba en todas las direcciones.

Una mujer con el pelo fucsia se acercó a recibirlos.

–Bienvenidos –abrió bien los ojos–. Disculpe, pero... ¿Es usted Ares Kourakis?

–Así es –miró a su alrededor–. ¿Y esta es la mejor tienda de ropa vintage de Manhattan?

–¡Sí! Al menos eso creo.

–En internet están de acuerdo con usted. Por eso estamos aquí –miró a Ruby–. Mi amiga necesita un vestido de fiesta. ¡Y todo un vestidor!

–Yo la ayudaré –dijo la mujer–. ¿Les apetece una magdalena? –les mostró la bandeja que tenía en la mano.

–Nunca he estado en un sitio así –dijo Ruby, mientras agarraba una magdalena.

–Tenemos que competir con las tiendas online, y como no podemos competir en el precio, hacemos que sea toda una experiencia.

–Decías que las sorpresas nunca eran pasteles... –murmuró Ares mientras Ruby seguía a la mujer.

Ruby lo miró y sonrió.

—Nunca me he alegrado tanto de equivocarme.

«Es curioso», pensó Ruby. El primer día en Nueva York había sido uno de los mejores de su vida. Y eso que ella tenía mucho miedo de ir. Había escuchado el latido del bebé, y había descubierto que era una niña. Ruby todavía no comprendía por qué Ares había reaccionado de ese modo durante la consulta. Quizá no sabía cómo expresar sus emociones. Y los actos valían más que las palabras.

Él la había llevado a la tienda vintage y Ruby nunca había visto algo parecido. Había ropa de todas las épocas, tallas y colores.

—¿Cómo montaste este sitio? —le preguntó a la mujer que la guiaba por la tienda.

Wanda se rio.

—Como se empieza cualquier cosa. Siendo valiente y lanzándote a por ello.

Ruby recordó esas palabras mientras elegía ropa para ella y para su hija. Al final, el precio de todo lo que había comprado, incluido el vestido de fiesta, era menos de trescientos dólares.

Ares casi se atraganta al ver que era tan poco.

Una vez en el coche, Ruby se acomodó en el asiento y suspiró. Miró a Ares y susurró:

—Gracias.

Él le agarró la mano y la miró. Ella se estremeció al ver que él había posado la mirada sobre sus labios. Cuando él inclinó la cabeza hacia ella, Ruby retiró la mano y giró el rostro para que no la besara.

—No puedo —comentó.

—¿Por qué?

—Porque... —miró a Horacio y se mordió el labio.

—¿Porque no estamos a solas?

—Yo no veo nada, señorita —dijo Horacio, mientras conducía.

Ruby soltó una risita.

—No es solo eso. Yo... —negó con la cabeza—. No importa.

—Dime —susurró Ares, acariciándole un mechón.

—Soy la madre de tu hija —dijo ella—. Y quizá, algún día, sea tu amiga, pero eso es todo lo que llegaré a ser.

—¿Por qué?

—Ya te lo he dicho. No volveré a ser tan imprudente.

—¿Crees que te haré daño?

Ella bajó la mirada, negándose a contestar.

Continuaron en silencio mientras atravesaban la ciudad.

—¿Tienes hambre? —dijo él al cabo de un rato.

—Yo siempre tengo hambre —repuso Ruby, con una sonrisa.

Ares se inclinó hacia delante y le dijo a Horace:

—A Pierre's.

Cuarenta minutos más tarde, Ruby y Ares estaban entrando en un elegante restaurante francés. Ruby se sorprendió al ver que Ares hablaba en francés con el encargado.

Una vez sentados, Ruby le preguntó:

—¿Hablas francés?

—Mi madre vivió en París muchos años. Yo fui a un colegio interno en Suiza. Desde los ocho años.

—¿Tus padres te mandaron a un internado a los ocho años?

—Fue una maravilla. Me alegré de alejarme de ellos. Asistí a las mejores escuelas del mundo, en Suiza y en Estados Unidos —bebió un sorbo de vino—. Mi infancia me preparó para la vida que llevo ahora. Y mis padres, con sus fallos, me enseñaron una cosa —dejó la copa y la miró—: A luchar sin piedad.

Ella lo miró asombrada.

—Es horrible aprender eso de tu familia.

—Aunque muy útil. A mí me preparó para el mundo real.

Le agarró la mano sobre la mesa.

—En el mundo real, se gana o se pierde. Y en la familia, también.

—No es cierto —ella retiró la mano.

—¿No? —Ares agarró el menú—. Tú te ocupaste de tu hermana desde pequeña, y ella se marchó de tu vida desde el momento en que agarraste algo que ella quería. Algo que nunca pudo ser para ella.

—Yo no diría que se ha marchado de mi vida...

—Supongo que has intentado contactar con ella desde que nos fuimos de Star Valley.

—Sí.

—¿Y te ha contestado?

Ruby miró el teléfono, tal y como había hecho cientos de veces en los últimos dos días.

—No —contestó con un nudo en la garganta.

—Lo hará. Pronto —dijo Ares.

—¿Cómo lo sabes?

—Le he pedido a mi secretaria que organice la financiación de los estudios de Ivy en la universidad, y que le dé una paga.

—¿Crees que eso hará que me perdone?

—Por supuesto.

—No puedes comprarlo todo —susurró, pensando en que pronto la poseería a ella también.

—No quiero aquello que el dinero no pueda solucionar.

—Porque no quieres cosas complicadas.

—Correcto.

Ella respiró hondo y lo miró.

—Por eso no puedo dejar que me beses —susurró ella—. Porque tengo miedo de que me rompas el corazón.

Por un momento, Ares la miró.

—Entonces, no impliques a tu corazón. ¿Qué tiene que ver el amor con el sexo?

—¡Todo! —exclamó Ruby, asombrada.

—Esa creencia hará que te pierdas muchas cosas placenteras, y que obtengas mucho sufrimiento —comentó él, y se centró en el menú—. ¿Prefieres cordero o ternera?

Dos horas más tarde, cuando se subieron al coche, Ruby saludó al chófer con una sonrisa y le dio una bolsa marrón con el nombre de Pierre's.

—¿Qué es esto? —preguntó Horace sorprendido.

—Has sido muy paciente al llevarnos de aquí para allá —dijo Ruby—. Pensé que tendrías hambre.

Frunciendo el ceño, Horace miró a Ares.

—No me mires —dijo Ares—. Ha sido idea suya.

—Te he pedido un *croque Monsieur*. Tiene jamón y queso. Te gustará.

—Es lo que le gusta a Ruby —comentó Ares—, en vez del *pâte de fois de lapin*.

—¡Puaj! ¡No pienso comer hígado triturado de un pobre conejo! —ella sonrió al chófer—. Esto te gustará. Lo he pedido justo antes de salir, así que estará caliente.

—Gracias, señorita Prescott —dijo Horace.

—Ruby.

—Ruby —dijo el conductor, sonriendo.

Ruby se alegraba de aquello, pero todavía había muchas cosas que la entristecían.

No debería haberle dicho a Ares la verdad acerca de por qué no podía besarlo. Después, ella había intentado llenar el silencio hablando de posibles nombres para su hija. Sin éxito.

Cuando Ares insistió en que la pequeña llevara su apellido, ella confió en que estuviera reconsiderando su postura acerca de la paternidad. Sin embargo, le había demostrado que no quería hablar del bebé para nada. ¿Realmente no le interesaba su hija? ¿Era cierto que no podía ofrecerle nada, aparte de dinero?

Ruby se dedicó a mirar por la ventana. Cuando naciera el bebé, regresaría a casa. Al pensar en Star Valley sentía nostalgia. Echaba de menos a Ivy.

Al cabo de un rato, ya no aguantaba más el silencio.

—Ares —le dijo—, ¿puedo preguntarte una cosa?

—Si quieres.

—¿Por qué odias tanto a tus padres?

—Es complicado.

—Y tú no quieres cosas complicadas.

—Eso es —la miró con dureza—. Mis padres se odiaban y me utilizaban constantemente en sus guerras. Mi madre nunca quiso casarse con mi padre. Sus padres la obligaron, a pesar de que estaba enamorada de otro hombre.

—¿Cómo pudieron hacerle eso?

Él se encogió de hombros.

—Entre las familias de la alta sociedad no es extraño. El poder y el dinero forman un matrimonio. Cuando mi padre era infiel, que lo era a menudo, mi madre lo provocaba diciéndole que a lo mejor yo no era su hijo. Yo era igual que él, así que mi padre le decía que era una mentirosa. Fue en el funeral de mi padre cuando me admitió que yo sí era su hijo. Ella lo odiaba tanto que solo quería hacerlo sufrir.

—Oh, no.

—Mi madre me odiaba también. Yo la mantenía atrapada en un matrimonio que nunca quiso tener, con un

hombre al que despreciaba. Un hombre que la humi-
llaba.

Ruby no podía imaginar crecer de esa manera. Su
padre la había abandonado antes de que naciera, y su
familia siempre había sido pobre, pero al menos, nunca
había dudado de que su madre la quisiera.

—Lo siento...

—Un año más tarde, ella murió haciendo heli-esquí
en la Patagonia junto a su último novio. Yo solo sentí
alivio. Lo único que he sido para ellos ha sido un deto-
nante. Una carga, pero no un hijo.

A Ruby se le rompía el corazón.

—Ares...

Él se volvió hacia ella.

—Nuestra hija tendrá una infancia distinta. Le dare-
mos prioridad a sus necesidades y no a nuestros deseos.
No pelearemos.

—Por supuesto que no.

—Lo sé —su mirada era heladora—, porque tú la cria-
rás sin mí.

Sus palabras fueron como una bofetada.

—Pero... Solo porque tus padres fueran así no es motivo...

—Conozco mis limitaciones —dijo Ares—. Sé quién
soy. Y quién no —miró a otro lado—. Como te dije, siempre tendrá lo que necesite. Igual que tú.

—Nunca has tenido un hijo. ¿Cómo sabes que no
podrás ser un buen padre?

—Porque lo sé.

Ruby deseaba que la situación fuera diferente. Que
él fuera diferente. Intentó sonreír.

—Inténtalo. A lo mejor te gusta —dijo ella.

Ares la miró en el momento que el vehículo se dete-
nía frente a su mansión. Horace se bajó para abrir la
puerta de Ruby y sacar las bolsas del maletero. Ruby

comenzó a ayudarlo, ignorando sus protestas. Cuando se volvió hacia la casa, vio que Ares seguía en el coche.

–¿No vienes?

–Tengo que ir a la oficina.

–¡Son casi las diez de la noche!

–Sí –dijo él–. Y llevo fuera demasiado tiempo. La empresa no funciona sin mí. ¿Horace?

El conductor le entregó el resto de las bolsas y miró a Ruby con lástima.

–Llame al timbre. La señorita Ford le abrirá la puerta. Yo esperaré a que la abra.

Desconcertada, Ruby subió los escalones hasta la puerta y llamó al timbre.

–Confío en que ha pasado una buena tarde, señorita –le dijo el ama de llaves con frialdad.

–Yo, um... –Ruby miró hacia atrás justo cuando arrancaba el coche. Notó un nudo en la garganta–. Sí –susurró–. Y no –agarró las bolsas llenas de ropa y sueños rotos y entró.

Capítulo 8

HABÍA cometido un gran error.

Ares sabía que no debía haber llevado a Ruby a Nueva York. Ni instalarla en su casa. Ni ir al médico con ella. Ni llevarla de compras.

Así nunca habría visto iluminarse su rostro de alegría. Su mirada no le habría llegado al corazón, mientras oían el latido del bebé. No habría compartido con ella el recuerdo de sus padres, ni habría oído temblar su voz al preguntarle por qué sabía que no podría ser un buen padre.

Al día siguiente, Ares estaba sentado solo en la mesa del comedor. Bebió un sorbo de café, dejó el periódico sobre la mesa y miró por la ventana.

Había estado en la oficina hasta la medianoche, hablando con abogados. No había regresado a casa hasta estar seguro de que Ruby se había dormido. No quería más preguntas.

Llevaba meses deseando sentir su cuerpo desnudo entre sus brazos, y cuando estaba a punto de conseguirlo, sentía miedo.

Ruby era peligrosa. Provocaba que sintiera cosas que él no debía sentir. Y que deseara cosas que no debía desear.

Había estado a punto de provocar que deseara ser un hombre distinto.

No obstante, Ares no podía cambiar su carácter. No podía cambiar lo que era realidad.

El amor era un arma. Y no permitiría que la usaran contra el otra vez.

No debería haber llevado a Ruby allí.

Tenía que echarla.

Sus abogados estaban preparando los documentos. Al día siguiente, Ruby estaría de regreso a casa. Allí criaría a su hija en solitario, y se convertiría en una de las habitantes más ricas de Star Valley.

Ares golpeó la mesa con la taza de café.

Ese día sería el último que pasaran juntos. Y la última noche. Respiró hondo. Aprovecharía el tiempo. La seduciría y disfrutaría de ella todo lo que pudiera.

Al día siguiente, estaría fuera de su alcance.

—Buenos días —Ruby entró en el comedor y sonrió con timidez.

—Imagino que has dormido bien —se puso en pie.

Ruby llevaba un vestido rojo de los años cincuenta. El cabello le caía sobre los hombros, tenía los labios colorados y sus ojos marrones brillaban bajo las oscuras pestañas.

—No estaba segura de si te vería por la mañana. Pensé que te habrías marchado a trabajar.

—Me he tomado el día libre.

—¿Esa es tu ropa de diario? —sonrió al ver que llevaba una camisa negra de manga larga y un pantalón de vestir—. ¿No llevas pantalones cortos? Se supone que va a hacer mucho calor.

—Los pantalones cortos no son mi estilo —la miró de arriba abajo—. Estás preciosa.

—Oh, gracias —se sonrojó y miró la mesa auxiliar—. Anda, la señora Ford ha vuelto a superarse.

Mientras Ruby se servía fruta, huevos revueltos y gofres, Ares se fijó en sus piernas largas, en sus hombros desnudos, sus senos redondeados y el vientre abultado bajo la falda roja.

–Hoy voy a llevarte a ver Nueva York.

Ella lo miró y sonrió.

–Quieres decir que enviarás a un empleado para que me acompañe.

–No. Voy a acompañarte yo.

–Dijiste que hacer turismo en agosto era un infierno.

Ares pensó en cómo había deseado a Ruby durante cinco meses. No había sido capaz de tocar a otra mujer porque solo la deseaba a ella. Eso era el verdadero infierno.

–He cambiado de opinión.

–¿Sí? –preguntó con el rostro iluminado.

–¿Qué quieres ver primero? ¿La Estatua de la Libertad?

–Sí –dijo ella–. Y el museo.

–¿El de arte?

–El de los dinosaurios –dejó el plato sobre la mesa–. Y quiero comer un perrito caliente de los de la calle. Y un *cannoli* de Little Italy. ¿Qué es exactamente?

–Un postre.

–¿Está bueno?

–Ya lo verás.

Ares llenó su plato y se sentó junto a ella.

Ruby miró hacia la cabecera de la mesa donde estaba el periódico y dijo:

–Creía que estabas sentado allí.

–Sí. Ahora voy a sentarme contigo.

Ella se sonrojó y trató de no tocarlo en todo el desayuno. Ares apenas saboreó la comida. Estaba impaciente. No tenía hambre de comida.

En cuanto ella terminó su plato, él preguntó:

–¿Estás preparada?

–Sí –se puso en pie–. Hoy no tenía planes, excepto organizar el vestidor, y ver si podía ayudar a la señora Ford en la cocina. Aunque ya me ha dejado claro que no necesita mi ayuda –sonrió–. Anoche me sentía un poco sola cuando te marchaste, así que fui a la cocina para ver si podía ayudar. Es lo que siempre he hecho. Limpiar. La señora Ford me gritó, diciendo que las mujeres embarazadas necesitan descansar y que saliera de su cocina. Aunque terminamos tomándonos un té.

–¿Un té con la señora Ford? –Ares estaba asombrado.

–Sí. Antes me intimidaba. Ya no. Es simpática.

¿Simpática? Nunca había pensado tal cosa de su ama de llaves. Ares se preguntaba cuánto tiempo tardaría Ruby en adentrarse en su verdadero ser también.

Por eso iba a mandarla de regreso a Star Valley. Porque suponía un peligro para su bienestar.

–La señora Ford me ha prometido que mañana me enseñará a jugar al pinacle –sonrió–. Al parecer es una gran jugadora, e incluso está en una liga.

Toda esa parte de la señora Ford era una novedad para Ares. Nunca le enseñaría a jugar. Al día siguiente, Ruby se habría marchado. La idea provocó que a Ares se le formara un nudo en la garganta.

«Es por su bien. Y por el mío», pensó.

Obligándose a sonreír, le tendió el brazo.

–¿Estás preparada?

Ruby dudó un instante y le agarró el brazo, tratando de mantenerse lo más alejada posible de él.

–Si tú lo estás...

Ares la miro, ardiente de deseo. Los problemas del mañana podían esperar. En aquel momento tenía todo el día por delante para estar con ella. Y la noche.

Sí. Estaba preparado.

Comenzaron dando un paseo en helicóptero. Ruby se quedó asombrada al ver que el aparato llevaba el nombre de Kourakis Enterprises en el lateral.

–Pones tu nombre en todo, ¿no?

–En todo lo que me importa –dijo él, y una extraña expresión apareció en su rostro.

Ella oyó el ruido de los motores. Dos pilotos esperaban en la cabina. Se cubrió los oídos con las manos y se detuvo a poca distancia del helicóptero.

–¿Qué ocurre? –preguntó Ares.

–Estoy un poco nerviosa –trató de sonreír–. Sé que es una tontería, pero nunca...

Agarrándola por los hombros, Ares la estrechó contra su cuerpo. Ella suspiró y lo miró.

Entonces, él inclino la cabeza y la besó.

Era un beso apasionado. Salvaje. Y de pronto, todo el deseo que ella había intentado negar, surgió de golpe como una tormenta fuera de control.

Ella lo rodeó por el cuello y lo atrajo hacia sí. Notó que empezaban a temblarle las rodillas a causa de tanto placer. El deseo era muy fuerte, necesitaba más, mucho más...

Finalmente, Ares se retiró y la miró.

–No tienes miedo del helicóptero –le dijo. Era una orden, no una pregunta.

Confusa, Ruby se percató de que seguían de pie en el helipuerto. Negó con la cabeza. ¿A quién le importaba el helicóptero?

–Acompáñame.

Ruby respiró hondo y le dio la mano. El helicóptero era lujoso por dentro, con cuatro asientos de piel, una pantalla de televisión y una nevera pequeña. Él le entregó unos auriculares y la miró.

–Sabía que no tendrías miedo.

–No –dijo ella, y tragó saliva. En ese momento, el helicóptero era lo que menos le preocupaba.

Durante el viaje vieron toda la ciudad. El puente de Brooklyn, la Estatua de la Libertad, Wall Street y One

World Trade Center entre otras cosas. Al sobrevolar Central Park y ver el castillo, Ruby preguntó:

–¿Para qué es el castillo?

–Para nada –contestó él–. Es bonito, nada más –se puso serio–. Pero no tan bonito como tú.

Respirando hondo, Ruby miró a otro lado. Seguía temblando a causa del beso.

Tenía los labios sensibles, los pezones turgentes y deseaba más. Eso era lo peor. Deseaba más...

Por suerte, el helicóptero era bastante amplio como para no tocarse.

Al cabo de un rato, después de sobrevolar el estadio de los Yankees, el helicóptero los llevó de regreso al helipuerto.

–¿Qué te ha parecido? –preguntó él con una sonrisa mientras la ayudaba a bajar–. Toda la ciudad en menos de una hora. Nueva York para los turistas con prisa.

–¿Por qué tengo prisa? –preguntó Ruby–. ¿No tengo meses para explorar la ciudad?

Ares dejó de sonreír. Ella trató de no estremecerse cuando él colocó la mano sobre su espalda.

–Tenemos mucho que hacer hoy.

Horace los estaba esperando. Al cabo de un rato subieron al Empire State Building, y después pasearon por Times Square. Al mediodía, Ruby sentía que una capa de sudor cubría su piel. No solo era por el calor del sol.

Era por Ares. Por la intensidad de su mirada, por el tacto de su mano. El recuerdo de su beso y la idea de llevar a su bebé en el vientre.

Ruby nunca había experimentado ese tipo de calor.

Comieron perritos calientes en la calle, *cannoli* en Little Italy y *dim sum* en Chinatown.

A medida que él hablaba, escuchaba y se reían, ella se puso cada vez más tensa.

No era justo que fuera tan encantador, porque sabía que todo era una ilusión.

No obstante, él había provocado que deseara que fuera real.

Ruby no podía dejar de preguntarse cómo sería amarlo y que él la amara. Formar una familia de verdad.

Por la tarde, él comentó:

–Ha llegado el momento de prepararse para la gala. No estoy seguro de que nos dé tiempo a parar en el museo.

–Por favor –dijo ella–, después no tardaré mucho en prepararme. Todavía tenemos tiempo.

–Por experiencia, sé que las mujeres tardáis más de dos horas.

–¡Dos horas! Yo puedo estar lista en diez minutos –al ver que él se mostraba incrédulo, dijo–: Bueno, como es una ocasión especial, y quiero darme una ducha, veinte minutos. O treinta.

–Eres una mujer especial –comentó él en voz baja, y colocó el brazo por detrás de ella, en el respaldo.

Ruby podía sentir su calor y se estremeció al pensar que podía besarla de nuevo.

–Al museo de Historia Natural, Horace.

–Sí, señor –dijo el chófer con una sonrisa.

Entraron por una puerta privada, agarrados de la mano y sin esperar la cola. Hicieron una visita guiada y, mientras Ruby contemplaba los dinosaurios, era plenamente consciente de que Ares la observaba a ella.

Cuando se marcharon, ella preguntó si podía comprar un oso de peluche en la tienda del museo.

–Puedes comprarte toda la tienda si quieres –contestó él con una sonrisa.

–No es para mí –sonrió ella–. Es para nuestro bebé.

Él dejó de sonreír.

–Como desees –comentó él. Y aunque pagó por el peluche, ni siquiera lo miró.

La alegría de Ruby se disipó.

¿Cómo era posible que Ares fuera tan insensible? Era como si intentara aparentar que no había bebé. ¿No se suponía que había llevado a Ruby a Nueva York para poder controlarla durante el embarazo?

De regreso a casa, Ruby deseaba hablar con él, pero no sabía cómo. Él se mostraba distante y miraba por la ventana.

Una vez en casa, Ares se dirigió al piso de arriba después de decirle:

–Estate preparada dentro de treinta minutos.

Veintinueve minutos más tarde, Ruby terminó de pintarse los labios y de mirarse en el espejo. La idea de ir a la gala la había atemorizado. Y la de enfrentarse a personas de la alta sociedad, y a la exnovia de Ares también.

De pronto, no sentía miedo. Era ella la que vivía en casa de Ares, a la que él abrazaba. La madre de su hija. Ya no sentía miedo. Ni siquiera de su silencio.

Todo iba a salir bien. Recordó cómo la había besado y trató de no pensar en su manera de reaccionar al hablar del bebé. Todo iba a salir bien. O incluso mejor que bien.

Ares no podía dejar de mirar a Ruby. Nunca había visto nada igual.

El museo de arte moderno donde se celebraba la gala estaba a dos manzanas de su casa. Ruby había insistido en ir caminando y, cuando entraron en la sala, todo el mundo se volvió a mirarlos.

Ares no los culpaba. Él había hecho lo mismo al verla bajar por las escaleras con el cabello recogido en un moño trenzado, llevando un vestido de los ochenta de color rosa y un collar de perlas falsas.

Una mujer mayor la miró sorprendida y le preguntó:

—¿Quién te ha hecho el vestido?

—Gunne Sax —contestó Ruby muy seria.

Durante toda la noche, la gente mostró curiosidad hacia ella.

Al principio, Ares se había sentido nervioso por ella. Conocía bien a ese tipo de gente, y cómo podían sonreírle a una persona, aunque segundos después le clavaran un cuchillo por la espalda. Él se había criado en ese mundo. Estaba acostumbrado, pero Ruby... Era demasiado abierta y amable. La devorarían.

Para su sorpresa, ella fue capaz de desenvolverse sola. Su carácter amigable y naturalidad había hecho que se hiciera popular enseguida. Cuando se acercó a ella para llevarle una bebida, su cuerpo reaccionó bajo el esmoquin al recordar cómo se había sentido al besarla junto al helicóptero unas horas antes.

Había pensado en saltarse la gala y llevarla a la cama, pero el oso de peluche lo estropeó todo al recordarle al bebé. Su fracaso como padre y su falta de sensibilidad.

Porque sabía que cada momento que pasara seduciendo a Ruby, sin decirle que al día siguiente se la llevaría de Nueva York, ella lo consideraría una traición.

Hacía mucho tiempo que no experimentaba el sentimiento de culpa. Y no le gustaba.

De no haber sido por el maldito oso de peluche, a lo mejor habría estado en la cama con ella, en lugar de en aquella fiesta donde otros hombres la adulaban.

—¿Quién es esa chica? —le preguntó uno de sus amigos, Cristiano Moretti—. Es la estrella de la fiesta.

Ares apretó los dientes y forzó una sonrisa. No le gustaba que ese hombre mirara a Ruby.

Necesitaba llevarse a Ruby a casa. Deseaba tenerla entre sus brazos. Se sentía como si llevara toda la vida deseándola.

Se acercó a ella y le entregó la bebida.

—Gracias —dijo ella.

—¿Lo estás pasando bien?

Ella sonrió.

—No comprendo ni la mitad de lo que la gente me cuenta. Al parecer, las niñeras son difíciles de manejar...

—Ah —dijo él, y observó mientras ella daba un trago.

—¿Ares? —una pareja se acercó desde la pista de baile.

Ares se puso tenso al ver a su exnovia, la organizadora de la gala y a quien había conseguido evitar hasta ese momento.

—Hola, Poppy.

—Gracias por reservar una mesa —dijo ella—. La velada ha sido un éxito. Como todo últimamente —le mostró su mano izquierda—. ¿Te has enterado de que estoy comprometida?

Él miró el anillo de diamantes. Era grande y ostentoso.

—Enhorabuena.

—Gracias —Poppy miró a su pareja—. Angus acaba de salir de NYU. Es demasiado bueno para estar en la universidad. ¡Un genio musical!

—¿Es un cantante?

—Percusionista.

El chico, que tenía el cuello tatuado, tiró de la manga de Poppy.

—Vamos, cariño, que hay barra libre.

Poppy miró a Ruby.

—¿Quién es esta?

—Soy Ruby —contestó ella, con una cálida sonrisa.

—Ruby Prescott —dijo Ares—. Nos conocimos en Star Valley después de que te marcharas.

—¿Star Valley? —dijo Poppy con una carcajada—. Ah. Cualquier camarera de allí.

—Servía las copas en el club —dijo Ruby.

—Espero que Nueva York no sea una ciudad demasiado abrumadora para ti. No te preocupes. No durará mucho —miró a Ares—. Él se aburre enseguida.

Ares agarró la mano de Ruby.

—Durará más de lo que crees, Poppy. Ruby lleva a mi hija en el vientre.

La expresión de Poppy resultó casi cómica.

—Has embarazado a una camarera. ¡Qué suerte!

—Además de camarera soy otras cosas. Profesora de esquí. Limpiadora de casas...

—Qué suerte. Al menos, confío en que fuera suerte, y no algo pérfido. Ay, perdona... —se llevó la mano a la boca—. Probablemente no sepas lo que significa. Es...

—Sé muy bien lo que significa.

—¿Ah?

—Significa que en estos momentos te estás fustigando por no haber podido embarazarte de Ares.

Ares disimuló una sonrisa. «Un punto para Ruby», pensó.

Poppy entornó los ojos y comentó:

—Así que, un bebé. Imagino que esto significa que pronto os caséis...

—No es necesario —dijo Ares, cruzándose de brazos.

—¿No? —Poppy parecía más contenta—. Ay, Ares. ¿La traes a Nueva York y no vas a casarte con ella? ¿Qué vas a hacer? ¿Alojarla en una casa, como si te avergonzaras de ella?

—No me avergüenzo para nada.

—¿Ah? —Poppy miró a Ruby—. Entonces, eres tú. ¿No quieres casarte con él?

–No había pensado...

–¿No vas a casarte con ella, aunque va a tener a tu bebé? Por supuesto, no eres capaz de comprometerte a largo plazo. Tú no lo sabías, ¿verdad, cariño? –le dio un golpecito a Ruby en el hombro–. Lo siento de veras. Ares, me sorprende que seas tan cruel. O quizá... no me sorprende tanto. Buena suerte, querida –se marchó, llevándose a su compañero de la mano.

Ares miró a Ruby. Su aspecto había cambiado y parecía disgustada. No quería mirarlo a los ojos.

–Olvídala –dijo él. Le dio la mano–. Baila conmigo.

–Yo no bailo –dijo ella, pero él la ignoró y la llevó a la pista. La banda estaba tocando una balada. La tomó entre sus brazos y comenzó a moverse–. Lo ves, sí bailas.

Ella no respondió. No lo miró. Y fue él quien colocó la mano de Ruby sobre la solapa de su chaqueta.

–Ruby, mírame.

Cuando ella obedeció, sus ojos estaban llenos de lágrimas.

Él notó un nudo en la garganta. Y de pronto, supo lo que había hecho.

Se había centrado en satisfacer su propio deseo. En llevarla a la cama y después protegerse al mandarla lejos. Nunca se había preocupado por ella. Por sus sentimientos. Por cómo le afectarían sus actos.

«Por eso no puedo permitir que me beses. Tengo miedo de que me rompas el corazón».

¿Podría seducirla sin amarla? ¿Y qué le sucedería a ella cuando despertara entre sus brazos y le dijera que no quería volver a verla? Que todo estaba planeado...

De pronto, no podía hacerlo.

Dejó de bailar y comentó:

–Esto no va a funcionar.

–¿El qué?

–Que tú vivas aquí.

–¿Por lo que ha dicho ella?

–Poppy tenía razón. Estoy siendo cruel.

–¿Ibas a mandarme lejos de aquí? –susurró ella.

Él miro a otro lado.

–No lo comprendo –dijo entre lágrimas–. He venido a Nueva York. He hecho todo lo que me has pedido.

–Mis abogados están redactando un documento legal para que lo firmemos. Voy a poner la casa de Star Valley a tu nombre. He creado un fondo para nuestra hija, además de ordenar una generosa cantidad mensual para ti. Mañana, después de firmar, te enviaré a casa.

–¿Por qué no me lo has dicho? –susurró ella.

–Porque pensaba seducirte esta noche.

Ruby respiró hondo y lo miró un instante. Después apretó los dientes y se secó las lágrimas con el hombro.

–Gracias por demostrarme que tenía razón –dijo ella.

Ares recordó sus palabras.

«He visto lo que pasa cuando un hombre rico se aburre de sus promesas. En pocos días cambiarás de opinión y me echarás a la calle».

«¿Y bien? Así es como soy», se dijo Ares. ¿Por qué luchar contra ellos? ¿Por qué iba a intentar ser diferente si solo conseguiría vulnerabilidad y sufrimiento?

–Me has mentido –susurró ella–. Empezaba a creer...

Ruby habló con voz temblorosa. Se giró y se marchó, dejándolo en medio de un montón de gente elegante.

–¡Ruby!

Ella no se detuvo. La multitud se apartó para dejarla pasar, pero no era debido a su dinero y su poder. Era debido a su belleza.

Ares salió tras ella. Cuando llegó a la calle, Ruby miró hacia atrás y lo vio. Se quitó las sandalias y empezó a correr.

Descalza era muy rápida, y llegó a la mansión pocos segundos antes que él.

–¡Ruby!

–Deja de seguirme –dijo ella, subiendo por la escalera.

–Podemos subir en ascensor.

–Antes muerta.

Mientras Ares la observaba subir por la escalera, pensó que debía dejar que se marchara. Al día siguiente, regresaría a su casa, siendo una mujer rica. Tendría su bebé y algún día encontraría a un hombre que pudiera cuidar de las dos.

No obstante, al verla desaparecer, sintió angustia.

No podía dejarla marchar.

Ruby era su mujer.

Tomó el ascensor y llegó antes que ella a la planta superior. La vio acercarse a su habitación, llorando.

–Déjame en paz.

–Estás llorando.

–De felicidad. Nunca quise venir a Nueva York. Tú me chantajeaste para que lo hiciera. Estoy feliz de volver a casa –lo miró desafiante–. ¡Sabía que esto sucedería!

Las lágrimas corrían por sus mejillas.

Ares la estrechó entre sus brazos y le colocó un mechón de pelo.

–Ruby, me estás volviendo loco –dijo él–. Desde el momento en que te vi, no he podido pensar en otra mujer. Eres la única a la que he deseado.

–Estás diciendo... –ella lo miró a los ojos–. ¿Estás diciendo que me has sido fiel todos estos meses?

«Fiel». Ares no lo había pensado de ese modo. Se daba cuenta de que era verdad.

–Sí. Por eso te he traído aquí. Para obligarte a que te cuidaras, pero también porque te necesitaba en mi cama.

Ella tragó saliva.

—Entonces, ¿por qué? —susurró ella—. Si me deseas tanto, ¿por qué me echas tan pronto?

—Porque eres peligrosa.

—¿Peligrosa? —dijo asombrada.

—No quería sentirme atraído por ti, pero es así —le acarició la mejilla—. Eres diferente a todas las mujeres que he conocido. Por eso, después de esta noche, no podré volver a verte...

Inclinó la cabeza y la besó sin piedad.

Durante un instante, ella lo empujó de los hombros, como para resistirse. No obstante, él no permitiría que ella le negara lo que ambos deseaban. La besó de forma apasionada hasta que la oyó suspirar a modo de rendición. Después, ella comenzó a besarlo también, abrazándolo con fuerza como si llevara deseando aquello toda su vida.

El deseo se apoderó de él. Durante casi medio año él había deseado únicamente a aquella mujer. En esos momentos, era como si se hubiera cumplido su sueño. Le acarició el cabello y le soltó las horquillas. La tomó en brazos y la llevó a su dormitorio. Ella temblaba de deseo. Él quería poseerla, arrancarle la ropa y colocarla sobre la cama para penetrarla hasta que ambos alcanzaran el éxtasis.

Debía tener cuidado. Estaba embarazada y debía tratarla como se merecía.

Al dejarla en el suelo, le temblaron las manos. Sin dejar de mirarla, le desabrochó el vestido y lo dejó caer al suelo.

No llevaba sujetador y Ares se fijó en sus senos redondeados y en la curva de su vientre.

Era magnífica.

Ella se cayó sobre la cama, como si sus piernas no pudieran sostenerla más.

Al verla tumbada y en ropa interior, él tuvo que contenerse para no abalanzarse sobre ella y poseerla sin más.

La miró y se fijó en sus pezones sonrosados. Era como una diosa.

Se tumbó a su lado y la besó de manera apasionada, hasta que vio que ella arqueaba el cuerpo. Con cuidado, la colocó a horcajadas encima de él y cuando ella se inclinó para besarlo, le acarició un pezón con la lengua hasta que gimió de placer al llegar al éxtasis. «Solo con eso», pensó él.

Al sentir su temblor y oírla gemir, se sintió triunfal. La había hecho estallar. Así, sin más. Ruby era suya.

La sujetó por las caderas y la levantó para colocarla sobre su miembro erecto. Ella tenía los ojos cerrados y él la penetró poco a poco. Era la primera vez que se adentraba en su cuerpo sin preservativo, y gimió cuando el placer se apoderó de él.

Ruby comenzó a mover las caderas y lo agarró de los hombros, para que la penetrara con más profundidad.

Ares perdió el autocontrol y se dejó llevar por las sensaciones. Tras un último empujón, ella llegó de nuevo al orgasmo y gimió con fuerza. Al oírla, él explotó también, derramando su esencia en el interior de Ruby.

Cuando ella se derrumbó sobre la cama, él la abrazó contra su torso y la acarició.

Ruby era suya.

Ares nunca se había sentido así con una mujer. Y sabía que, por muy peligrosa que fuera, no podía dejarla marchar. Todavía no.

—Quédate conmigo —susurró él, y notó que se ponía tensa entre sus brazos.

—Creía que querías que me marchara mañana —dijo ella—. ¿Qué hay de tus motivos para hacerme marchar?

—He cambiado de opinión —dijo en voz baja—. Por favor, quédate.

–¿Cuánto tiempo? –preguntó ella, sin mirarlo.

Ares la besó en la sien e inhaló su aroma.

–Todo el tiempo que quieras.

Ruby giró la cabeza y lo miró. Después, sonrió con un brillo en la mirada.

Capítulo 9

YA ESTABA terminado.

Ruby miró a su alrededor. Estaba de pie en el centro de la habitación del bebé. Durante las siete semanas anteriores, y con el consentimiento de Ares, se había dedicado a redecorar la casa.

–¿Estás seguro de que no te importa? –le había preguntado ella en agosto.

Él la había besado antes de decir:

–Lo que sea que haga que te apetezca quedarte.

Y así había sido.

Durante agosto y septiembre había cambiado los muebles por otros más acogedores y había convertido el cuarto de invitados, el más cercano a la habitación principal, en el dormitorio de su hija.

Ruby se acarició el vientre y sonrió satisfecha. Las paredes eran de color rosa, la cuna blanca y la lámpara de animales. El vestidor estaba lleno de ropa de bebé y la isla de accesorios se había convertido en cambiador. Junto a la ventana había una mecedora, y la habitación estaba llena de cuentos y peluches.

Ruby suspiró.

Ares y ella habían encontrado una rutina. Cada mañana él se marchaba a la oficina y ella se quedaba en la casa o acudía a las citas médicas. Él regresaba tarde para cenar. Trabajaba unas doce horas, incluso los fines de semana.

–La parte mala de dirigir una empresa –le había dicho él.

–A ti te gusta.

–No tanto como volver a casa para estar contigo –había contestado él con una sonrisa.

Ruby se estremeció al recordarlo. Él siempre sabía cómo seducirla. Por las noches le hacía sentir maravillas, haciéndole el amor en la oscuridad. Era su momento favorito.

Y durante el día...

Ruby trató de no pensar en ello.

Estaba bien. La ciudad se estaba convirtiendo en su hogar. Nueva York no era tan diferente a Star Valley. La gente era igual en todas partes.

Había hecho algunas amigas en las galas y salía con ellas a tomar café de vez en cuando. Además, había estado muy entretenida buscando muebles exclusivos para decorar la casa.

Le resultaba extraño no trabajar. Y a veces no sabía qué hacer consigo misma.

Ivy había contactado con ella. Tal y como Ares le había dicho que haría. Una semana más tarde de que él se lo dijera, su hermana le había mandado un mensaje.

Gracias por el dinero para la universidad. Acabo de matricularme en Boise State.

A partir de ahí, hablaban regularmente. Ruby esperaba que Ivy fuera a visitarlos durante las vacaciones, más o menos cuando esperaba al bebé.

Solo faltaban tres meses para que naciera su hija. Se sentía feliz.

De verdad.

Excepto...

Ruby respiró hondo y miró por la ventana.

Ares todavía evitaba hablar de la niña. Aunque le había permitido que organizara la habitación y comprara cosas para su hija, no había vuelto a acompañarla al médico. Y si ella sacaba el tema, él se retiraba de la conversación. Si ella insistía, él se levantaba y se marchaba.

«Al menos no discutimos», trató de consolarse.

«Hay cosas que no puedo ofrecerte», recordaba sus frías palabras. «Amor. Matrimonio. Y ambos sabemos que no seré un buen padre», recordó sus palabras.

Ruby se mordió el labio y pestañeó para contener las lágrimas. Cuando Ares la abrazó la noche de la primera gala y le dijo que quería que se quedara, ella pensó que había cambiado. Que quizá estaba dispuesto a mantener una relación con ella.

Que a lo mejor estaba dispuesto a ser un padre de verdad para su hija.

Se secó los ojos. Debía estar agradecida. Tenía una casa preciosa. Un hombre que estaba dispuesto a ofrecerles una vida cómoda, incluso a su hermana.

El problema era que a Ruby no le importaba tener una vida de lujo. Y después de haber pasado tantas noches en su compañía, había empezado a considerar a Ares un amigo. Su mejor amigo. Había visto el lado de su persona que él mantenía oculto. Él la había animado. Era divertido. Incluso amable. También podía ser vulnerable, aunque tratara de disimularlo, no podía.

Y menos cuando ella...

«¡Oh, cielos!»

Ella lo amaba.

No solo por la manera en que la adoraba por las noches. Ni porque llevara a su hija en el vientre. Tampoco por la casa que le había dado ni por el hecho de que siempre intentara mimarla.

Ruby lo amaba por cómo era cuando nadie más lo estaba mirando. El hombre que se preocupaba por ella, aunque intentara no hacerlo.

El problema era que Ares nunca podría amarla. Se lo había dicho desde un principio.

Ella sintió un nudo en la garganta. Oyó que llamaban a la puerta y se volvió. Ares estaba en la entrada, vestido con un traje negro y el maletín del ordenador en la mano.

—¿Qué ocurre?

—Nada —ella trató de sonreír—. Estoy contenta de haber acabado la habitación —cambió de tema— ¿Vas a trabajar?

—Sí.

—Pero es sábado. Pensé que, al menos, podríamos desayunar juntos...

—Lo siento —él se acercó y la besó rápidamente. La miró, como si estuviera tratando de ignorar la cuna y todo lo demás—. Volveré tarde —susurró contra su mejilla—. Espérame despierta.

—Está bien —contestó, y tragó saliva. Lo amaba, y tenía que controlarse para no decírselo.

Justo cuando él se volvió para marcharse, Ruby notó algo que le hizo soltar una risita. Una extraña sensación, como un aleteo en su interior.

Ares se volvió frunciendo el ceño.

—¿Qué pasa?

—¡Dame la mano! —le agarró la mano y la colocó sobre su vientre—. El bebé está dando patadas. ¿Lo notas?

Durante un segundo, Ares puso cara de sorpresa.

—¿Es ella?

—Sí —susurro Ruby, feliz de que, por primera vez, él pareciera interesado en su hija.

Una intensa emoción se apoderó de ella y no fue capaz de contenerse más.

—Te quiero, Ares —susurró.

Ares la miró, pálido.

—Te quiero —repitió ella—. He intentado no hacerlo, pero te quiero...

Ares retiró la mano y la miró con frialdad.

—Tengo que irme.

Y se marchó.

Ruby se percató de que había cometido un gran error. No debería habérselo dicho. Un fuerte dolor invadió su corazón. Se agarró a la cuna para no caer al suelo.

La voz de la señora Ford se oyó por el altavoz.

—Hay un hombre que quiere verla, señorita.

—¿Quién es? —preguntó Ruby.

—Braden Lassiter. Dice que ha venido a despedirse. ¿Lo dejo entrar?

Braden. Su exprometido de hacía mucho tiempo, que la había abandonado en el altar para continuar su carrera como jugador de hockey.

—Hazlo pasar al comedor que hay junto a la cocina.

Ruby consiguió llegar al ascensor y se dirigió al salón. Nada más entrar, Braden se puso en pie.

—Hola, Ruby.

—Hola —dijo ella, deseando que se marchara—. ¿Me han dicho que has venido a despedirte?

—Me enteré de que estás viviendo en Nueva York y que vas a tener un hijo con aquel hombre rico. Llevo queriendo pasar a saludarte desde que comenzó la temporada —negó con la cabeza—. Ahora la temporada ha acabado para mí. Acabo de descubrir que me echan del equipo.

—¿Te echan? —se llevó la mano a la boca—. Oh, no, Braden. ¿Por qué?

—Supongo que no era lo bastante bueno.

Ella lo agarró de la mano.

—Lo siento. Sé lo mucho que significaba para ti...

—Sabía que tú me harías sentir mejor. Siempre lo hiciste —sonrió—. Al menos tengo dinero ahorrado.

Puedo regresar a Star Valley y dedicarme al esquí. Lo curioso es que... Siempre pensé que cuando regresara, Ruby, tú estarías allí, esperándome.

Ella lo miró y retiró la mano.

—Braden...

—No hace falta que me lo digas. Lo sé. No estás con este hombre por dinero. Lo quieres, ¿verdad?

Ella asintió con los ojos llenos de lágrimas.

—¿Mucho?

—Sí —susurró ella—, pero él no me quiere. Ni al bebé. Y nunca lo hará.

Braden frunció el ceño.

—Entonces, ¿por qué te quedas aquí?

—No tienes por qué aguantarlo. Hay mucha gente que te quiere en casa. Regresa conmigo.

—¿Qué? Estoy embarazada de él.

—Eso no significa que seas de su propiedad. Necesitas un hombre que no tenga miedo de amarte. Ni de ser padre o marido. Regresa conmigo —se inclinó hacia delante—. Fui estúpido al dejarte marchar. Si me dieras otra oportunidad...

Se oyó un fuerte sonido en el pasillo. Era el maletín del ordenador golpeando contra el suelo de mármol. Ruby y Braden se giraron sobresaltados.

Ares estaba en la puerta y tenía los ojos oscurecidos por la furia.

Durante un momento, Ares miró al jugador de hockey fijamente. Después, cerró los puños y dio un paso adelante.

—¡No! ¡Por favor! —dijo Ruby, colocándose entre los dos.

Al oír su voz, Ares posó la mirada sobre su bonito rostro. Sus ojos marrones miraban con súplica, sus mejillas estaban sonrosadas con culpabilidad. ¿Estaba intercediendo por el otro hombre?

«Necesitas un hombre que no tenga miedo de amarte. De ser padre o marido. Regresa conmigo».

La rabia se apoderó de él. Miró a Ruby y vio que estaba aterrorizada.

–No, por favor –susurró ella, levantando las manos.

Ares la miró con incredulidad.

–¿Lo estás protegiendo?

–No necesito protección –contestó Braden–. No le he dicho nada que no pueda decirte a la cara, Kourakis. Si no puedes amarla, o casarte con ella, Ruby merece un hombre que lo haga.

Ares tuvo que contenerse para no golpearlo con una lámpara.

–Por favor, Braden –Ruby se volvió hacia él–. Márchate.

–Me voy. Cuídate, Ruby. Estaré en Star Valley.

En cuanto Braden se marchó, Ares se volvió hacia Ruby.

–¿Para qué ha venido?

–Acaban de echarlo de su equipo. Ha venido a decir adiós.

–¡Te estaba pidiendo que te marcharas con él!

Ruby alzó la barbilla.

–Eso te sorprendería, ¿verdad? Que hubiera un hombre dispuesto a comprometerse conmigo.

Ares respiró hondo.

La mañana había sido desastrosa. Primero había habido un problema con una gran adquisición en Italia y había tenido que ir a la oficina cuando prefería haberse quedado en la cama con Ruby.

Después, había notado la patadita del bebé. Y eso le provocó una serie de emociones que no era capaz de gestionar.

Y por último, Ruby le había dicho que lo amaba.

«Te quiero. He intentado no hacerlo, pero te quiero».

Ninguna mujer le había dicho que lo quería.

Esto era diferente. No imaginaba que su cuerpo reaccionaría así al oír las palabras de Ruby.

Su corazón había empezado a latir aceleradamente. Su cerebro a dar vueltas. Había empezado a sudar por todo el cuerpo. Era como si lo hubieran atacado con fuerza

Ares había mentido al decir que no sabía lo que era el amor. Lo conocía muy bien. El amor era la palabra que la gente utilizaba para manipular a otros. Para conseguir lo que querían.

Amor significaba bajar la guardia, y permitir que el enemigo se adentrara para incendiar la parte más vulnerable: el corazón.

Al oír las palabras de Ruby, Ares salió corriendo del dormitorio de su hija. Y mientras Horace lo llevaba a la oficina, no pudo dejar de pensar en ello.

Amor.

Ruby lo amaba.

Él no quería hacerle daño. Ruby no comprendía por qué no quería implicarse emocionalmente con ella, o con el bebé.

Ares no había podido olvidarlo en toda la mañana, así que le pidió a Horace que lo llevara de nuevo a casa.

Y allí la encontró con otro hombre, que le suplicaba que se marchara con él.

–Si quieres casarte con él, nada te lo impedirá –soltó Ares.

Ruby respiró hondo y se acercó a él.

–¿Por qué eres así?

–¿Cómo?

–Pensaba que estábamos contentos...

–Lo estamos.

—Entonces, ¿por qué te enfadaste cuando te dije que te quería? ¿Por qué huyes cuando hablo del bebé? ¿Por qué no paras de intentar apartarme?

Ares no contestó.

Ruby suspiró y cerró los ojos.

—Quizá tenías razón —susurró ella—. Esto no va a funcionar.

Él la miró, asombrado.

Ruby estaba pálida y muy triste.

—Me puse muy contenta cuando me pediste que me quedara. Pensé que quizá tendríamos la oportunidad de ser felices. De formar una familia. Pero ahora... —miró a su alrededor—. ¿Qué sentido ha tenido decorar la casa si ni siquiera soy parte de tu vida?

—Eres parte de ella —dijo él.

Ella esbozó una sonrisa.

—Por las noches, pero de día... No soy tu esposa. Ni siquiera tu novia. No me quieres. Y no quieres a nuestra hija.

Por un lado, él sabía que ella acabaría marchándose. Y debería dejarla marchar.

—Quiero que te quedes —dijo de pronto.

—¿Quedarme? No puedes pedirme que me quede como si fuera tu mascota. Necesito algo más. Estoy enamorada de ti, Ares. Para ti, mi vida es como un libro abierto. Sin embargo, tú te mantienes cerrado. Quizá sea cierto que lo único que puedes ofrecerle a una mujer sea sexo y dinero.

Ares sabía que iba a marcharse, y no dejaba de pensar en la manera de hacer que se quedara. Necesitaba algo que le diera lo que anhelaba. Su amor.

Entonces, lo tuvo claro.

Sintió miedo, pero lo controló.

«Solo será un pedazo de papel». Eso era lo que decía todo el mundo, pero sería un papel que la ataría a su lado para que ningún otro hombre pudiera tenerla. Ares sabía que Ruby nunca quebrantaría los votos del matrimonio, por muy frío o distante que él se mostrara en un futuro.

Se volvió hacia ella y vio que su expresión era de tristeza y que tenía los ojos irritados de llorar.

Él podía solucionarlo. Cancelaría su agenda de trabajo de la semana siguiente. Tenía algo mucho más importante que conseguir.

Ares se acercó a ella.

—Ruby...

Ella dio un paso atrás para que no la tocara.

—No nos quieres. Nunca nos querrás. No hay motivo para que me quede.

—Deja que te dé un motivo –dijo él, y la abrazó.

Acto seguido, inclinó la cabeza y la besó. Ruby se puso tensa y trató de resistirse. Después, suspiró y se rindió–. Quiero mostrarte una cosa.

—Seguro –soltó una risita.

Ares le acarició el cabello y la besó en la frente.

—Tienes que hacer las maletas.

—¿Para qué?

—Mete un bikini.

—¿Dónde vamos?

—Dijiste que querías conocerme –dijo él–. Deja que te lleve al lugar donde nací.

Ella lo miró y asintió.

Ares experimentó una sensación de triunfo. Aunque el matrimonio le provocaba cierta sensación de miedo, sabía que era la única manera de mantener a Ruby a su lado.

Y lo haría. Ella le pertenecía. Había estado engañándose cuando pensaba que podía dejarla marchar.

La mantendría a su lado. A cualquier precio.

Capítulo 10

DÍAS más tarde, Ruby descansaba en una tumbona bajo el sol de Grecia. Junto a ella había una piscina infinita con vistas al mar Jónico. Y detrás, se encontraba la casa de Kourakis.

Había sido construida por el abuelo de Ares. Él empezó el negocio familiar en Atenas, y Aristedes, el padre de Ares, lo expandió. No obstante, había sido Ares el que lo convirtió en una multinacional.

–Por eso trabajo tanto –le había comentado él la noche anterior mientras estaban acurrucados en la cama–. Yo siempre tengo que ganar. Incluso contra mis antepasados.

–¿Compites incluso contra tu familia?

–Sí, Ruby –dijo él–. ¿Conoces el mito de Zeus, el dios griego?

–¿El jefe de los dioses?

–Solo sobrevivió a su infancia porque su madre lo ocultó de su padre antes de que él pudiera devorarlo, tal y como había hecho con el resto de los hermanos. Cada generación compite con la siguiente. Eso es lo que es la familia. Ganas o mueres. Comes o te comen.

–No todas las familias son así. La gente suele quererse. Y cuidarse.

–A lo mejor en tu mundo...

–Pues entra en mi mundo –susurró ella, y él la besó.

Habían hecho el amor en la habitación principal, con el balcón abierto y el sonido del mar. Él la había hecho gemir con tanta fuerza que ella se sonrojó, preguntándose si la habrían oído los doce empleados que atendían la casa.

—Son muy discretos —le había dicho Ares—. Créeme, algunos llevan años trabajando aquí y mis padres, con sus gritos, los acostumbraron a llevar tapones en los oídos.

—¿He gritado? —preguntó apurada.

—No te preocupes. Los sonidos de felicidad serán una novedad para ellos.

—Seguro que has traído a mujeres aquí, en otras ocasiones.

Él negó con la cabeza y susurró.

—Eres la primera...

La besó con delicadeza y una hora después, la hizo gritar de placer una vez más.

Así que, en aquel momento, Ruby, lo recordaba todo desde la tumbona. Aunque no sabía si algún día Ares le demostraría que todo había cambiado entre ellos, que podían tener un futuro en común.

Tratando de no pensar en ello, cerró los ojos y volvió el rostro hacia el sol.

—¿Estás disfrutando?

Ares apareció a su lado de repente. Estaba muy sexy, vestido con una camisa de lino blanca y unos pantalones cortos oscuros.

—O sea que sí llevas pantalones cortos a veces.

—No se lo cuentes a nadie.

—Será nuestro secreto.

—M gusta tu bikini de hoy —comentó él, devorándola con la mirada.

—Te gustan todos mis bikinis.

Ares se sentó junto a ella en la tumbona y le dio un beso. Permanecieron abrazados acariciándose bajo el sol, y cuando se separaron, él preguntó:

–¿Te tomarás una copa conmigo?

–Es una invitación muy formal –comentó ella con una sonrisa.

Ares no sonrió.

–¿En la casa?

–En la playa.

–Por supuesto –tratando de comprender el cambio de humor, Ruby temía que fuera a decirle algo que no le iba a gustar. Algo que le partiría el corazón–. Iré a recoger mi vestido.

El sol comenzaba a bajar por el oeste, tiñendo el cielo de colores anaranjados. Ares guio a Ruby hasta la playa, la marea estaba bajando y, aunque era septiembre, la brisa era cálida.

Al llegar allí, Ruby se detuvo sorprendida. Había una mesa preparada para dos. Y un par de empleados esperaban expectantes.

Ruby miró a Ares. Él sonrió.

–Nuestra pequeña taberna privada.

La acompañó a la mesa y la ayudo a sentarse. Uno de los empleados levantó la tapa de una bandeja de plata y les mostró los aperitivos. Aceitunas griegas, verduras frescas y hojas de parra rellenas de arroz. Después de hacer una reverencia, los empleados se marcharon sonriendo.

Ruby sentía un nudo en el estómago.

–Tengo algo que decirte –dijo él, y le agarró la mano.

–¿Qué? –preguntó nerviosa.

–Te he mentido.

Ella se quedó mirándolo un instante.

–¿Me has mentido? ¿Qué quieres decir?

–Cuando te dije que nunca había estado enamorado. Sí lo he estado –hizo una pausa–. Dos veces.

Ruby sintió una náusea. Pensaba que no era capaz de amar, pero había amado a dos mujeres que no eran ella.

—Después de graduarme del colegio interno fui a París a ver a mi madre. No la había visto desde hacía cuatro años. La primera noche que pasé en la ciudad, conocí a una chica.

—¿Una chica?

—Una bella parisina, cinco años mayor que yo. Tenía mucho estilo y me contó que era estudiante de moda. Me dijo que me quería casi desde el principio. Yo nunca había oído antes esas palabras, así que la creí. Y me convencí de que la quería también. Supongo que llegué a quererla.

Ares hizo una pausa.

—De niño prometí que sería diferente a mis padres. Era idealista. No quería mantener relaciones sexuales hasta que supiera que realmente estaba enamorado.

Ruby estuvo a punto de caerse de la silla.

—¿Qué?

—Tenía dieciocho años —sonrió él—. Después de un bonito verano con Melice, descubrí que era una prostituta y que mi padre la había contratado para enseñarme la realidad sobre las mujeres. Quería que fuera un hombre. Y dejara de pensar que el amor verdadero existía.

Ruby lo miró horrorizada. No podía ni imaginar cómo habría sido la infancia de Ares. Lo imaginaba solo, rodeado de empleados y con dos monstruos por familia.

Ares soltó una carcajada.

—Deberías ver la cara que has puesto.

Ella trató de sonreír.

—Ivy pensaba que te enamorarías de ella al instante.

—Soy un objetivo mucho más difícil que todo eso.

—Lo sé.

Ares se volvió hacia ella.

—Tú lo sabes mejor que nadie.

—Yo nunca te he visto como un objetivo.

–Eso es lo que hace que seas diferente –miro hacia la orilla–. Después, era demasiado tarde para reservarme para el amor de verdad, así que me dediqué a tener aventuras de una noche con mujeres que estaban demasiado ocupadas con su vida como para preocuparse por la mía. Cuando visité Atenas antes del último año de universidad, conocí a una chica dulce e inocente. Dejé de tener aventuras y planeé casarme con ella en cuanto me graduara.

–¿Qué paso?

–Mi padre murió de repente unas semanas antes de la graduación...

–Lo siento.

–No pasa nada. Murió de un ataque al corazón mientras bebía y se drogaba para tratar de satisfacer sexualmente a dos mujeres a la vez. Creo que es como deseaba morir.

Ruby estaba boquiabierta.

–Regresé a Atenas en busca del consuelo de mi prometida y la encontré entregando su virginidad a otro hombre.

–Oh, no.

–Si mi padre no hubiese muerto, no me habría enterado. Me habría casado con Disantha, aunque mis padres me hubieran desheredado. Estaba dispuesto a sacrificarlo todo por amor –esbozó una sonrisa–. Creía que eso era el amor.

–Lo siento...

–Nunca olvidé esa lección. Mis padres hicieron lo correcto al enseñarme que no debía querer a nadie –miró a otro lado–. Lo heredé todo. La empresa. La isla. La fortuna –puso una cínica sonrisa–. El legado de la familia Kourakis.

Ruby estiró el brazo y le agarró la mano.

–Lo siento –repitió.

–Quiero que comprendas quién soy en realidad –comentó Ares.

–Lo comprendo –dijo ella, tratando de deshacer el nudo que tenía en la garganta.

Ares la miró fijamente.

–No he confiado en nadie durante la mayor parte de mi vida –dijo en voz baja–. Nunca he tratado de amar otra vez. Ni comprometerme –añadió–. Hasta ahora.

–¿Qué quieres decir?

–Quiero intentarlo –le colocó un mechón de pelo detrás de la oreja–. Quizá con el tiempo aprenda a amarte.

Ruby estaba mareada. ¿Quizá aprendería a amarla? Algo se encogió en su interior. Y si eso era lo mejor que Ares podía ofrecerle, ¿debía aceptarlo?

–¿Y a nuestra hija?

–A ella también –ladeó la cabeza–. Ahora que ya conoces lo peor de mí, no te culparé si te marchas lo más deprisa posible. ¿Por qué ibas a querer casarte con un hombre como yo? Si te digo la verdad, creo que mereces algo mejor.

A Ruby se le llenaron los ojos de lágrimas.

–¿Casarme...?

Ares la miró un instante desde el otro lado de la mesa. Después se levantó de la silla.

Ruby lo observó asombrada mientras se arrodillaba frente a ella.

Ares metió la mano en el bolsillo de sus pantalones y sacó una cajita negra.

–¿Te casarás conmigo, Ruby? –le preguntó abriendo la caja.

El diamante que contenía era impresionante. Era tan grande como un iceberg, pero a ella no le importaba el anillo.

¿Convertirse en la esposa de Ares para siempre? Oh, sí. Era todo lo que deseaba. Daba igual que intentara negarlo. Quería casarse con el hombre al que amaba, el padre de la criatura que llevaba en el vientre. Lo deseaba más que nada en el mundo.

–Sí –susurró ella.

–¿Sí? –Ares se puso en pie.

–¡Sí! –lo rodeó con los brazos.

Permanecieron abrazados durante un largo rato y, después, se quedaron en la playa hasta que el sol se ocultó por el horizonte como si fuera una bola de fuego.

Ruby se colocó el anillo en el dedo y, con lágrimas en los ojos, lo abrazó de nuevo y comenzó a besarlo. En las mejillas, en los labios. Ares la abrazó con fuerza y la besó de forma apasionada.

No obstante, mientras se besaban, ella recordó sus palabras.

«Quizá con el tiempo aprenda a amarte».

Ruby trató de no pensar en ello. Serían felices. Ares aprendería a amarla. Y, si no, ella tendría amor para los dos.

Sin embargo, aunque Ruby lo besó de forma apasionada, notaba el anillo como algo frío y pesado sobre su mano.

Ruby se miró en el espejo.

–Estás preciosa –comentó su hermana pequeña desde detrás. Ivy tenía los ojos llenos de lágrimas–. No puedo creer que vayas a casarte hoy.

Ruby respiró hondo. Ivy le había peinado la melena oscura con grandes tirabuzones y se la había decorado con rosas enanas. Ruby se había maquillado sola a pesar de que Ares le había ofrecido llamar a las estilistas. Wanda, la dueña de la tienda vintage la había ayudado a elegir un vestido color crema con pedrería para la boda.

En los tres días que habían pasado desde que habían

regresado a Nueva York, Ruby había organizado una boda. Nada demasiado elegante, solo una pequeña ceremonia con un grupo de amigos. Y Ivy, que la habían recogido en Idaho con un jet privado. Las flores las habían encargado en una famosa floristería. La señora Ford estaba preparando la comida, y la celebración...

Ruby puso una sonrisa. Por fin utilizarían el salón de baile de la mansión.

Sujetando el ramo de rosas, Ivy se secó las lágrimas con el hombro.

—Me gustaría que mamá estuviera aquí.

Ruby agarró el ramo. También tenía los ojos llenos de lágrimas.

—A mí también.

—Quizá lo esté —Ivy sonrió—. Cuando pienso en mi estúpido plan para seducir a Ares, solo porque estaba preocupada por las facturas... —negó con la cabeza—. Qué tonta. Gracias por evitarlo. Al menos ha salido una cosa buena de ello. Pudisteis conoceros. Y ahora voy a ser tía —miró el vientre de Ruby—. Algún día espero enamorarme locamente, como tú.

—¿Sí?

—Puedo oír el amor que sientes por él en tu voz, cada vez que mencionas su nombre. Y estoy segura de que él siente lo mismo. Tú no te conformarías con menos.

Ruby se estremeció.

—Um...

—Estoy muy feliz —Ivy la abrazó con fuerza—. Te veré después de la boda.

Cuando Ivy se marchó, Ruby respiró hondo y se miró en el espejo de su dormitorio por última vez. Pronto se habría convertido en la señora de Ares Kourakis.

—Él aprenderá a amarme —se dijo—. Todo saldrá bien.

Aunque en el reflejo no parecía tan segura.

Ruby bajó despacio por las escaleras, tratando de calmar su corazón. «Él me amará», se repetía una y otra vez.

Se detuvo en la entrada del salón de baile. Respiró hondo y entró con la cabeza bien alta.

El pequeño grupo de invitados se puso en pie al verla llegar. Su hermana, Dorothy, la secretaria de Ares, la señora Ford, Horace, Georgios y su familia, el resto de los empleados y Cristiano Moretti, un amigo de Ares del colegio. Alguien murmuró:

—Preciosa —y un músico comenzó a tocar la marcha nupcial con la guitarra acústica.

A Ruby solo le importaba una persona. Al ver a Ares en el centro del salón, junto al reverendo, sonrió. ¿Y por qué estaba tan pálido?

Ruby enderezó la espalda y recorrió el pasillo lleno de flores con el ramo en la mano. Los invitados la animaron y la felicitaron al pasar.

Cuando llegó donde estaba Ares, supo que algo iba mal. Estaba muy pálido y su mirada parecía vacía, como si algo se hubiera roto en su interior.

Era como si estuviera muerto.

«¿Por qué vas a querer casarte con un hombre como yo? Si te soy sincero, creo que mereces algo mejor.

Ruby se detuvo y agarró con fuerza el ramo.

Ares no quería nada complicado. Él se lo había dicho. ¿Y qué podía haber más complicado que la familia, el matrimonio o criar a un hijo?

Él no la amaba, pero iba a casarse con ella porque no quería perderla.

Ruby lo miró y comprendió que se estaba obligando a hacer aquello. El hombre de sus sueños iba a casarse con ella por obligación.

La música se detuvo. Ares frunció el ceño al ver que ella no se movía. Su rostro parecía el de un extraño.

–¿Ruby?

Ella se llevó las manos a la frente. Su corazón latía muy deprisa. El mundo giraba a su alrededor, los globos de colores, las flores, la ropa de los invitados.

«Quizá con el tiempo aprenderé a amarte».

«¿Y a nuestra hija?».

«A ella también».

¿Cómo le afectaría a su hija que la criara un hombre que se había obligado a quererla?

Ruby levantó la vista.

–No puedo hacerlo.

Oyó que los invitados exclamaban asombrados.

–Ruby.

–No puedo –susurró–. Así no es como debe ser.

–Es todo lo que puedo ofrecer –dijo él.

–Lo sé –tras los últimos meses no imaginaba que pudiera negarse a casarse con Ares, pero no podía obligarlo a contraer matrimonio sin que hubiera amor.

Él tenía razón.

Ruby merecía algo mejor.

Y él también.

Temblando, Ruby dio los últimos pasos hacia él. Oyó un crujido y se dio cuenta de que se le había caído el ramo y lo había pisado sin querer.

Estiró el brazo y acarició la mejilla de Ares. Él no se movió.

–Sé feliz –susurró ella, mientras las lágrimas rodaban por sus mejillas. Antes de ponerse a llorar de verdad, se volvió y salió del salón.

Corrió por el pasillo, se dirigió a la entrada y recogió su bolso con la billetera y el teléfono. Era el mismo que había llevado meses atrás cuando llegó de Star Valley.

–¡Ruby! –su hermana la había seguido–. ¡Espera!

Ella miró por última vez el interior de la mansión que había redecorado con tanto cariño y esperanza. La

casa que al principio le había horrorizado y de la que
después se había enamorado. Nunca había imaginado
que podría perderla de esa manera.

Cerró los ojos.

«Te quiero, Ares. Y siempre te querré».

Se volvió hacia la puerta y salió de allí. Estaba a
punto de derrumbarse, pero no podía. Colocó las manos
sobre su vientre. Tenía que ser fuerte. Apretó los dientes y levantó la mano para parar un taxi. Así, sin más,
se marchó de allí.

Ares estaba junto a la ventana de su despacho, en un
rascacielos de Midtown. Miró hacia su escritorio y
apretó los dientes. Su secretaria le había llevado un
paquete. Dentro había una nota de Ruby que decía:

Esto te pertenece.

Estaba atada al anillo de compromiso que él le había
regalado en la playa. Él recordaba la satisfacción que
había experimentado cuando ella contestó «sí» y pensó
que había ganado.

Ares le había contado lo peor de sí mismo. Y le había dicho que no sabía si podría amarlas, a ella y al
bebé. Aun así, Ruby había dicho «sí».

Después, lo había abandonado en el altar, delante de
todo el mundo. Él le había ofrecido todo lo que podía
darle, pero no era suficiente.

Ares cerró los ojos. Incluso después de cuatro meses
todavía oía la voz de Ruby y su bonita risa. Todavía
sentía sus labios y el tacto de su piel. Todavía veía su
bonito rostro.

Seguía recordando la angustia que reflejaban sus
ojos oscuros el día de su boda. Su mirada había pene-
trado en su alma y, en ese momento, él supo que lo estaba juzgando

«No puedo. Así no es como debe ser».

Notó que se le encogía el corazón y presionó el puño contra el cristal. Desde que ella se marchó, había conseguido controlar sus emociones, pero con el anillo delante, ya no era capaz de calmar su dolor.

Él se había obligado a pedirle matrimonio para no perderla.

Y ella se había marchado.

Al día siguiente, Ares se había despertado desesperado. Ruby no tenía nada de malo, lo único que había hecho era reconocer quién era él en realidad.

Y una vez se había marchado, todo le recordaba a ella. Su ropa colorida seguía en el armario, su aroma, su recuerdo.

Ares había desmantelado la habitación de su hija, con sus paredes rosa y los juguetes. Había devuelto la cuna y le había pedido a la señora Ford que tirara los peluches a la basura. Sin embargo, el ama de llaves se los había enviado a Ruby a Star Valley.

—Son demasiado bonitos para destruirlos —le había dicho—. Tu hija los querrá.

Enfadado, Ares la había despedido.

—No puede despedirme —le había contestado la señora Ford—, porque ¡ya he dejado de trabajar para este tonto egoísta!

¿Cómo podía haberlo acusado de ser egoísta? Le había dado a Ruby todo lo que podía, y ella se había marchado. Desde entonces, no había vuelto a contactar con él. Tres días antes de Navidad, la hermana de Ruby lo había llamado.

—Tu hija ha nacido esta mañana en el hospital de Star Valley —le había dicho Ivy—. La madre y la hija están bien.

—Gracias —había dicho él, asustado—. Iré lo más pronto posible.

–No –Ivy hablaba con nerviosismo–. Lo siento, Ares, pero Ruby no quiere que vengas.

Al recordar sus palabras, Ares sintió que se le helaba de nuevo el corazón. Su hija ya tenía un mes. Y él ni siquiera sabía su nombre.

Ares se sentó junto al escritorio y miró el anillo. El ostentoso brillante parecía tan vacío como él.

En ese momento, llamaron al intercomunicador.

–La señorita Spencer está aquí, señor –dijo su secretaria–. ¿La hago pasar?

Ares se preguntaba qué hacía Poppy en su oficina. No la había visto desde el día de la gala.

–Sí.

Poppy apareció con un vestido negro de noche y un abrigo de piel, a pesar de que solo era mediodía.

–¡Cariño! No lo aguanto más.

–¿Qué quieres, Poppy?

–Estoy cansada de que no aparezcas en los eventos sociales. Ya llevas mucho tiempo escondiéndote –se sentó frente a él y sacó un cigarrillo–. Es ridículo.

–No puedes fumar aquí –dijo él.

–No seas tonto –encendió el cigarro–. Así que la camarera te ha partido el corazón.

–Ella no...

–Lo que sea. Supéralo –apagó la cerilla–. Resulta que yo también he sufrido algo parecido.

–¿Tu novio?

–Se ha marchado con una fan de Florida. El problema es que los dos nos hemos acostumbrado a tener relaciones con gente poco conveniente.

–¿Poco conveniente?

–Están por debajo de nosotros. Elegimos esas personas porque pensamos que nos será más fácil deshacernos de ellas. Y así es –soltó una carcajada–. No obstante, cuando deciden dejarnos primero nos sentimos humillados.

–Nunca he pensado en Ruby de esa forma.

–Tengo una solución. Deberíamos casarnos.

–¿Qué?

–Piénsalo. Somos iguales.

–No.

–Claro que sí. Ninguno quiere comprometerse. El amor es veneno para nosotros. Valoramos la libertad por encima de todo.

–¿Cómo puedes decir eso? Yo estoy comprometido con mi empresa.

Poppy lo miró.

–Nos dedicamos a llenar el día para tratar de evitar sentimientos.

Ares la miró.

Era justo lo que había hecho al llenar su vida de trabajo y aventuras de una noche para intentar evitar el dolor.

Por eso sentía tanto vacío.

Además, desde que Ruby se había marchado, era como si viviera en la sombra. Sin la luz del sol, porque ella era el sol para él.

Porque la amaba.

No obstante, se había convencido de que no podía amarla. Estaba equivocado.

La amaba y amaba a su hija también.

–¿Qué ocurre? –preguntó Poppy–. Estás muy extraño.

Ares miró a su alrededor. ¿Qué diablos seguía haciendo allí?

Agarró a Poppy y la besó en la mejilla.

–Gracias –se volvió y recogió su abrigo.

–¿Por qué?

–Has hecho que me dé cuenta de algo que debería

haber descubierto hace mucho –la miró desde la puerta–.
La quiero.

–¿Qué?

Avanzó por el pasillo y gritó:

–¡La quiero!

Era de noche cuando Ares aterrizó en el aeropuerto
de Star Valley. Un Land Rover lo estaba esperando en
la pista.

–Gracias, Dorothy –murmuró en voz alta. Había llamado a su secretaria desde el avión para pedirle ayuda.

¿Ruby lo perdonaría? ¿Lo creería cuando le dijera
que la amaba? ¿Y si era demasiado tarde?

Ares sabía que no la encontraría en el chalé, así que
se dirigió a su remolque. Al legar allí, se le encogió el
corazón. Parecía que nadie había vivido allí desde hacía
tiempo.

–¿Estás buscando a Ruby Prescott? –le preguntó un
vecino.

–Sí, ¿sabe dónde está?

–Supongo que en su tienda nueva. Ahora vive en el
piso de arriba, con su bebé. No tiene pérdida. Es el edificio
de ladrillo que está al lado del Atlas Club.

Ares se dirigió hasta allí y vio que había un grupo de
personas en la calle esperando para entrar en el Ruby's
Vintage Delight. Ares aparcó y entró en la tienda.

Dentro, la gente se reía mientras un grupo tocaba música. El techo estaba lleno de globos de colores y, nada
más entrar, alguien le ofreció una cerveza de jengibre.
Ares reconoció a algunos esquiadores del Renegade's
Night.

Ruby había montado aquello. Las paredes estaban
llenas de ropa vintage y la tienda era acogedora y colorida. Igual que Ruby.

Entonces, la vio.

Llevaba un vestido rojo de los años cincuenta y el cabello recogido. Se reía mientras hablaba con sus amigos y, en un momento dado, besó algo que llevaba en los brazos.

Ares sintió un nudo en la garganta.

Era su hija.

Respiró hondo y se acercó. La gente comenzó a rumorear.

—Es Ares Kourakis.

—Ha venido...

—Sabía que vendría a buscarla...

Él se centró en Ruby. Ella lo miró, como si hubiera notado su presencia. Dejó de sonreír y palideció.

—¿Qué haces aquí?

Ruby merecía saberlo. Aunque ella ya no lo amara. No obstante, le resultaba muy difícil pronunciar las palabras.

Entonces, el bebé que llevaba entre sus brazos estornudó. Ruby la miró y sonrió.

Ares se acercó y la miró.

—Es preciosa.

—Sí —dijo Ruby—. La adoro.

Él quería preguntarle si ya no lo amaba, pero era incapaz.

—Este lugar es increíble. Me recuerda a ti.

—¿A qué has venido?

Ares dudó un instante y habló en voz alta, para que todo el mundo pudiera oírlo.

—Porque te quiero, Ruby. Y no podía vivir ni un segundo más sin decírtelo. Te quiero.

Ruby había trabajado mucho toda su vida, pero los últimos cuatro meses había sobrepasado el límite. Además, desde que había nacido su hija, no dormía más de dos horas seguidas. Nunca había estado tan cansada.

Ni tan orgullosa. Esa noche había organizado la fiesta de inauguración de su tienda para marcar el final de un sueño, el amor desesperado por un hombre que no la amaba, y la celebración de otro.

Un sueño que había creado para ella y su hija.

Durante años, había soñado con tener su propia tienda. Y siempre le había dado miedo fracasar. No obstante, después de que Ares le hubiera destrozado el corazón, ya no tenía miedo de nada. Había leído mucho acerca de cómo empezar un negocio, había creado un plan de viabilidad y había pedido a su amigo Gus, un crédito en el banco.

—Ya era hora, Ruby —le había dicho Gus—. Todo el mundo estaba esperando a que hicieras esto. Vas a tener mucho éxito.

Y así, Ruby había hecho realidad uno de sus sueños.

Sobre el otro, tendría que aprender a vivir sin el amor de Ares, porque no le quedaba más elección. Sin embargo, siempre había temido volverlo a ver.

La inauguración de Ruby's Vintage Delight sería el principio de una nueva vida. Ya no había lugar para la tristeza en su vida. Solo alegría.

Todo apuntaba al éxito. El local estaba lleno y había tenido que limitar el número de invitaciones porque todo el mundo quería conocerlo.

Y, de pronto, Ares había aparecido en su nueva vida como un fantasma. Entonces, Ruby supo que nunca sería capaz de superarlo y que siempre lo llevaría en el corazón.

—¿Me quieres? —le preguntó confusa—. Dijiste...

—Sé lo que dije. Fui idiota. Y muy cobarde.

Ella negó con la cabeza.

—Dijiste que nunca podrías volver a amar —abrazó a

Velvet, que dormía plácidamente contra su pecho–. ¿A qué has venido?

Él estrechó a Ruby entre sus brazos.

–Porque he vivido un infierno sin ti y me he dado cuenta.

–¿De qué?

–Nada merece la pena sin ti, Ruby. Mi dinero... Nada... Mi imperio... Nada. Lo único que me importa eres tú –miró a su hija dormida–. Vosotras.

Ruby lo miró sorprendida. No podía creer que Ares dijera todo eso delante de todos esos extraños.

–Tenía miedo de entregarte mi corazón –susurró él–. Pensaba que sería suficiente con mi dinero, las mansiones, el jet privado y el anillo de brillantes –la miró fijamente–. ¿Es demasiado tarde?

–¿Demasiado tarde?

–Después de lo que he hecho no te culparía si le entregaras tu corazón a ese jugador de hockey.

Ella soltó una carcajada.

–¿A Braden? –negó con la cabeza–. Él tenía miedo de regresar a Star Valley solo. Una semana después de regresar, recibió otra oferta y se marchó a Calgary.

Ares suspiró aliviado y la miro a los ojos.

–¿No hay nadie más?

–Mi tienda –dijo ella–. Y Velvet sobre todo.

–¿Se llama Velvet?

–Velvet Kourakis.

–¿Le has puesto mi apellido?

–Dijiste que era importante para ti –dijo ella–. Y aunque no estuviéramos juntos, no podía traicionarte...

–Gracias –dijo él, y acarició la mejilla de su hija antes de mirar a Ruby– Esta tienda es igual que tú. Pura alegría y muy acogedora –pestañeó–. Yo también quería darte mi apellido.

Ruby miró a otro lado.

–No podía casarme contigo. Y menos cuando vi tu cara en la boda. Parecías enfermo solo de pensarlo. No podía hacerte eso. Ni a mí tampoco.

–Tenías razón –le acarició la mejilla–. Perderte hizo que me diera cuenta de que tanto tú como nuestra hija, merecíais mucho más.

Ruby notó que se le llenaban los ojos de lágrimas.

–Yo puedo ser mucho más –continuó él–. Si me das la oportunidad. Puedo quererte mucho, Ruby Si hay algo que pueda hacer para conseguir que me ames otra vez...

–No puedes –dijo ella–, porque nunca he dejado de quererte.

–¿Me quieres? –preguntó él.

Ella asintió.

–No lo merezco.

–No.

–Fui un bastardo egoísta.

–Sí, pero también tienes cosas buenas.

–¿De veras?

–Sin duda –susurró ella, y le acarició la mejilla–. Cuando crees en algo, luchas por ello.

–¿Y eso es bueno?

–Sí, si decides luchar por nosotras.

–Siempre lucharé por vosotras –la miró fijamente y se arrodilló ante ella.

Todo el mundo se quedó en silencio. Muchos sacaron el teléfono para inmortalizar el momento.

Ares sacó una cajita negra del abrigo.

–¿Me has traído el anillo? –preguntó ella.

Ares sonrió.

–No exactamente.

Abrió la caja y le mostró un rubí montado sobre un anillo de oro.

–Un empresario del ferrocarril se lo regaló a su prometida hace ciento cincuenta años. El dueño de la joyería me contó que la pareja estuvo felizmente casada durante cincuenta años. Eso es lo que quiero, Ruby. Aunque cincuenta años no es suficiente para mí. Quiero que sea para siempre.

Ella lo miró con lágrimas en los ojos.

Ares sacó el anillo.

−¿Lo harás, Ruby? −preguntó con el brillo de las lágrimas en la mirada−. ¿Me querrás para siempre?

Toda la tienda estaba expectante.

Ruby sonrió y las lágrimas empezaron a rodar por sus mejillas.

−Y para mucho más.

Ares le colocó el anillo en el dedo. Se puso en pie y la abrazó para besarla. Ruby supo que «para siempre» no sería suficiente.

La boda se celebró en junio en una pradera de Star Valley, justo bajo la cima del Mt. Chaldie.

El reverendo sonrió y pronunció las últimas palabras de la ceremonia.

−Puedes besar a la novia.

Ares la miró. Ruby llevaba el vestido de encaje de color crema que había pertenecido a su madre y su rostro resplandecía de felicidad.

Su hija de seis meses era la dama de honor y asistió a la ceremonia en brazos de su madre.

−¡Que la bese! −gritó uno de los invitados. Ruby sonrió y miró a Ares con amor.

Él la abrazó.

−Me has hecho muy feliz.

−Y tú a mí −susurró ella.

−Después de todo no era tan tonto −dijo la señora Ford. Al enterarse de que Ares iba a casarse con Ruby, le había informado que tendría el privilegio de que volviera a trabajar para él. Ares la había invitado junto a otros amigos y empleados de Star Valley.

Sonrió al ama de llaves.

—No volveré a ser así de tonto —le prometió.

Su esposa le agarró la mano.

—Seremos tontos, pero juntos.

Ares se sentía orgulloso. El negocio de Ruby era un éxito. Su hija crecía feliz. Y el chalé se había convertido en una casa colorida y acogedora. El mes anterior, le había ofrecido a Ruby trasladar la sede de su empresa a Star Valley, para apoyarla.

Ruby se había negado.

—Sé que te encanta Nueva York. Para ti, siempre será el centro del mundo.

—Ya no. El centro de mi mundo eres tú.

—Te quiero —Ruby susurró con lágrimas de felicidad.

—Recordaré este momento para siempre —dijo él—. El día que comenzó mi vida.

—Nuestra vida.

—Sí —dijo él, con un nudo en la garganta—. Nuestra vida —se acercó y le susurró al oído—. Por cierto, esta noche voy a dejarte embarazada —la besó de manera apasionada.

Ella le rodeó el cuello con los brazos y todo el mundo comenzó a aplaudir. Para ellos, no existía nada más. Eran marido y mujer. Amigos para siempre.

Su futuro era prometedor. Ares sabía que la vida era complicada. Había luz y oscuridad. Lluvia y arcoíris. Penas y alegrías, pero todo lo compartirían.

Ruby. El bebé. Su familia.

Pensándolo bien, Ares decidió que la vida no era tan complicada. La vida era sencilla.

Era amor.

Bianca

¡Él era un maestro en el arte de la seducción!

MELODÍA PARA LA SEDUCCIÓN

LUCY MONROE

De pequeña, Cassandra fascinaba al público de sus conciertos noche tras noche… Pero, cuando murieron sus padres, Cass se encerró en su propio mundo, llegando a ser incluso demasiado tímida como para salir de casa. Una vez al año, compartía su amor por la música ofreciendo clases de piano en una subasta benéfica… Ese año consiguió la puja más alta. ¡Nada menos que cien mil dólares!

El comprador fue Neo Stamos, un arrogante empresario griego. Deseaba a Cass con ardiente pasión, aunque sabía que la dulce y tímida joven necesitaría su tiempo…

Acepte 2 de nuestras mejores novelas de amor GRATIS

¡Y reciba un regalo sorpresa!

Deseo

Siempre se habían odiado y evitado, pero una tragedia les demostró que hacían un buen equipo

CAUTIVOS DEL DESTINO

KATHERINE GARBERA

El arrogante empresario Allan McKinney siempre le había caído mal a Jessi, especialmente después de que le arrebatara la empresa familiar. Pero cuando la tragedia les golpeó y fueron designados tutores de la hija de sus mejores amigos, Jessi vio su lado más sensible, pasando de ser insoportable a irresistible. A Allan le estaba resultando cada vez más difícil concentrarse en el trabajo porque no podía quitarse a Jessi de la cabeza. Para colmo de males, se avecinaba una tormenta que amenazaba con destruir el frágil vínculo que los unía.

Destinada a complacer a un hombre

LA NOVIA DEL SULTÁN

KATE HEWITT

Azim al Bahjat, que había sido secuestrado varias décadas atrás, había sorprendido al reino de Alazar con su repentino regreso. Para poder asegurarse el trono, el despiadado heredero debía casarse con la mujer que siempre había estado destinada a ser suya, aunque Johara Behwar se resistiese.

Por atractivo que le hubiese resultado Azim, el primer impulso de Johara había sido huir, pero Azim no iba a aceptar que lo rechazase y estaba dispuesto a demostrarle a su esposa lo que era disfrutar de una noche de bodas.

¡Ella no iba a tardar en rendirse a los encantos del sultán!